Robert L. Stevenson

El extraño caso del Dr. Jekyll y Mr. Hyde

y otros relatos escabrosos

Colección *Filo y contrafilo* dirigida por
Adrián Rimondino y Enzo Maqueira.

Ilustración de tapa: Fernando Martínez Ruppel.

El extraño caso del Dr. Jekyll y Mr. Hyde
y otros relatos escabrosos
es editado por
EDICIONES LEA S.A.
Av. Dorrego 330 C1414CJQ
Ciudad de Buenos Aires, Argentina.
E-mail: info@edicioneslea.com
Web: www.edicioneslea.com

ISBN 978-987-718-138-8

Primera edición. Impreso en Argentina.
Julio de 2014. Arcángel Maggio-División libros.

Stevenson, Robert Louis
    El extraño caso del Dr. Jekyll y Mr. Hyde : y otros relatos escabrosos /
Robert Louis Stevenson ; con prólogo de Enzo Maqueira. - 1a ed. - Ciudad
Autónoma de Buenos Aires : Ediciones Lea, 2014.
    160 p. ; 23x15 cm. - (Filo y contrafilo; 32)

    ISBN 978-987-718-138-8

    1. Narrativa Inglesa. I. Maqueira, Enzo, prolog. II. Título
    CDD 823

Robert L. Stevenson

El extraño caso del Dr. Jekyll y Mr. Hyde
y otros relatos escabrosos

Selección y prólogo de Enzo Maqueira

EDICIONES Lea

Prólogo

Conrad, Graham Greene, Chesterton, H. G. Wells, Bioy Casares y Borges, entre muchos otros, coincidieron en darle al autor de *El extraño caso del Dr. Jeckyll y Mr. Hyde* un lugar destacado en el panteón de los escritores universales. No es para menos. Robert Louis Stevenson descansa en paz mientras los personajes de su *nouvelle* de terror psicológico atraviesan los siglos. ¿Quién no oyó alguna vez hablar de ellos? Quizás lo que vuelve más grande a este autor escocés nacido en Edimburgo en 1850 sea que todo el mundo conoce la historia, incluso antes de haberla leído, pero la lectura convierte al mito popular en una verdadera joya de la literatura. Aunque pocas personas lleguen a este texto sin saber quién es Mr. Hyde, la mayoría de los lectores conocen el final de antemano. Películas, dibujos animados, adaptaciones varias y toda la cultura occidental –incluido, sobre todo, el psicoanálisis–, hacen referencia explícita o aproximada a la vieja dualidad entre nuestro lado bueno y el salvaje. En términos figurativos, la conocida escena donde un ser humano se debate entre la voz que le dicta un ángel en un oído y, en el otro, la de un demonio que lo lleva a la perdición. Para el psicoanálisis, la tensión entre el Ello y el Superyó.

Pero, ¿quién era este hombre que logró convertir a uno de los pilares fundamentales de la angustia humana en un verdadero *thriller* de suspenso del siglo XIX? Stevenson nació en el seno de una familia paterna con tradición en el campo de la ingeniería, principalmente en la construcción de faros. Su madre, en cambio, era la hija de un pastor presbiterano. Había algo más con esta mujer cuyo apellido descendía de un poderoso terrateniente de la región: su salud era frágil. Stevenson heredó los mismos problemas respiratorios. Madre e hijo pasaban largo tiempo en cama, presos del ahogo que les producía la humedad del clima. Contaban con la ayuda de "Cummy", una mujer calvinista que realizaba tareas del hogar y terminaba sus jornadas relatando historias de terror. La enfermedad y los cuentos de horror no tardaron en convertirse en pesadillas que, según sus biógrafos, fueron la matriz creativa para el futuro escritor. También los relatos que Stevenson escuchaba en la iglesia debieron causarle una fuerte impresión. No sólo en lo que respecta a la posibilidad de imaginar mundos extraños y seres fantásticos, sino a su internalización del concepto de culpa. Al fin y al cabo, la ausencia de culpa como liberación es el eje central de su obra más conocida.

Por esos años ya escribía. Era un chico solitario que faltaba a clases con demasiada frecuencia. El médico le había permitido ir a la escuela sólo dos horas por día, hasta que una bronquitis lo sacó definitivamente de las aulas. Stevenson completó su educación formal con clases particulares que recibía en su casa. No debió haber sido una mala educación, porque en 1866, con dieciséis años de edad, ya había publicado su primera novela: *Pentland Rising*.

Al igual que sus antepasados, entró en la universidad para estudiar de ingeniería. Como era de esperar, el mandato paterno no surtió efecto en Stevenson, que abandonó la carrera por Derecho. Las leyes tampoco lograron convencerlo. Stevenson quería escribir y lo hacía en medio de sus enfermedades y de sus viajes, que comenzaban a hacerse una constante en su vida. Los primeros síntomas de la tuberculosis coincidieron con un viaje a Francia, donde conoció a una norteamericana separada de su marido. Cuando Fanny Osbourne viajó a California para tramitar el divorcio, Stevenson la siguió. En 1880 se casó con ella y se fueron a vivir a Calistoga, un pueblo del entonces lejano oeste de Estados Unidos. ¿Cuánto podían influir las historias de cowboys y pieles rojas en la mente de alguien como él? ¿Cómo podrían afectarlo el paisaje árido y las costumbres de estas tierras? Durante esos años, Stevenson escribió una vasta parte de su literatura, que incluye cuentos, novelas, libros de viajes y poesía. Se destacan los cuentos de *El club de los suicidas* (1878), volumen del cual seleccionamos "Historia del joven de las tortas de crema", la historia de un príncipe y un coronel que descubren la existencia de un club muy particular. También pertenecen a esta época *La isla del tesoro* (1883) y *La flecha negra* (1888), además de una buena cantidad de novelas de aventuras.

A finales de 1885 Stevenson estaba particularmente interesado por la dualidad en el ser humano, es decir, el hecho de que todos los individuos encierran, en sí mismos, una parte benévola y otra capaz de dañar. Su preocupación generó un sueño que sería la semilla de su obra más famosa: *El extraño caso del Dr. Jekyll y Mr. Hyde.* En sus biografías se cuenta que esa mañana despertó a los gritos, preso del terror por haber soñado la escena de una transformación como la que luego relata en el libro. "Estaba soñando un dulce cuento de terror", dicen que dijo Stevenson, quien a partir de esa mañana comenzó a escribir fervorosamente la historia, cuya primera versión concluyó unos pocos días más tarde, aprovechando que una vez más se encontraba postrado por sus enfermedades. El libro fue publicado en 1886 en Gran Bretaña y Estados Unidos. Aunque en un principio no suscitó la atención de los lectores, una crítica aparecida en el *Times* volcó la balanza a favor de Stevenson, que vendió cerca de cuarenta mil copias de su libro en los primeros meses después de la publicación.

El extraño caso del Dr. Jekyll y Mr. Hyde cuenta la historia del abogado Utterson, quien investiga la relación entre su amigo, el correctísimo Doctor Henry Jekyll, y el abominable Edward Hyde, un sujeto despreciable, de mal aspecto y trato rudo, que no parece conocer límites éticos ni morales, llegando incluso a cometer asesinato. Stevenson trabaja el texto a partir del desarrollo de un suspenso sutil, donde el terror se produce más por aquello que no es revelado. El gran trabajo con la trama y la forma en que aborda la problemática de la disociación del individuo catapultaron el texto a la categoría de clásico. A lo largo de todos estos años, su obra fue adaptada al teatro, el cine y la televisión, además de servir de punto de partida a otros textos literarios y formas del arte, incluso dentro de la música. Alanis Morissette, Lady Gaga, Judas Priest y The Who, entre otros contemporáneos, son algunos de los músicos que se inspiraron en la novela de Stevenson para componer algunas de sus canciones.

Pero el éxito literario no ahuyentó los fantasmas en torno a la salud del escritor. Siempre buscando nuevos ambientes donde mejorar sus condiciones respiratorias, regresó a Edimburgo, vivió durante un tiempo en la ciudad suiza de Davos, y luego se mudó a la costa británica y a New York. En esta última, se hizo amigo de Mark Twain. La amistad no mejoró la tos constante, la sensación de ahogo ni las hemorragias. El siguiente paso fue Samoa, una isla en el Pacífico Sur en donde se refugió junto con su madre, su mujer y la hija de ella con su matrimonio anterior. Allí escribió "El diablo en la botella", cuento que fue publicado por primera vez en 1891 en el *New York Herald*.

El texto cuenta la historia de Keawe, un hawaiano que desea conocer otras tierras. En San Francisco, Estados Unidos, conoce a un hombre que es dueño de una misteriosa botella capaz de cumplir deseos. Por supuesto, Keawe consigue esa botella para sí mismo. Como cabría esperar, con la posesión de un objeto así comienzan los problemas.

Stevenson pasó los últimos años de su vida en Samoa, en compañía de sus seres queridos y rodeado de aborígenes para quienes el escritor era conocido como *Tusitala*, "el que cuenta historias". Escribía sin parar. Sin embargo, nada mejoraba su salud. El gran escritor de aventuras, terror y fantasía, murió de un ataque cerebral, el 3 de diciembre de 1894, a los cuarenta y cuatro años. Sus personajes lo sobrevivieron hasta el día de hoy.

Enzo Maqueira

El extraño caso del Dr. Jekyll y Mr. Hyde

(1886)

Capítulo I
Historia de la puerta

Utterson, el notario, era un hombre de cara arrugada, donde jamás brillaba una sonrisa. De conversación escasa, fría y tímida, retraído en sus sentimientos, era alto, flaco, gris, serio y, sin embargo, en algún sentido, amable. En las comidas con los amigos, cuando el vino era de su agrado, sus ojos traslucían algo eminentemente humano; algo, empero, que nunca llegaba a traducirse en palabras, pero que tampoco se quedaba en los mudos símbolos de la sobremesa, manifestándose sobre todo, a menudo y con claridad, en las acciones de su vida.

Era austero consigo mismo: cuando estaba solo bebía ginebra para moderar su tendencia a los buenos vinos. Aunque le gustaba el teatro, hacía veinte años que no pisaba uno. Sin embargo era de una probada tolerancia con los demás, considerando a veces con estupor, casi con envidia, la fuerte presión de los espíritus vitalistas que les llevaba a alejarse del camino recto. Por este motivo, ante cualquier situación extrema, se inclinaba más a socorrer que a reprobar.

—Respeto la herejía de Caín —decía con agudeza—. Dejo que mi hermano se vaya al diablo como considere más oportuno.

Por este talante, a menudo solía ser el último conocido estimable, la última influencia saludable en la vida de los hombres que se hallaban barranca abajo; y mientras duraban sus relaciones con ellos procuraba mostrarse mínimamente cambiado. Es verdad que, para un hombre como Utterson, poco expresivo en el mejor sentido, no debía ser difícil comportarse de esta manera. Para él, la amistad parecía basarse en un sentido de disponibilidad genérica y benévola. Pero es de personas modestas aceptar sin más, de manos de la casualidad, la búsqueda de las propias amistades; y éste era el caso de Utterson.

Sus amigos eran conocidos desde hacía mucho o pertenecían a su familia; como la hiedra, su afecto crecía con el tiempo y además no requería idoneidad de su objeto.

La amistad que lo unía a Nichard Enfield, el conocido hombre de mundo, era sin duda de este tipo, ya que Enfield era pariente lejano suyo. Para muchos era un misterio saber qué veían aquellos dos, uno en el otro, o qué intereses podían tener en común. Según decían los que los encontraban en sus paseos dominicales, no intercambiaban ni una palabra, aparecían particularmente deprimidos y saludaban con alivio evidente la llegada de un amigo. A pesar de todo, ambos apreciaban en gran medida estas salidas, que para ellos eran el mejor regalo de la semana, y, para no renunciar a las mismas, no sólo dejaban cualquier otro motivo de distracción, sino que incluso los compromisos más serios.

Durante una de esas salidas, sus pasos los condujeron a una calle de un barrio muy poblado de Londres. Era una calle estrecha, que los domingos se hallaba tranquila pero durante la semana se animaba con el tránsito y los comercios. Daba la impresión de que sus habitantes ganaban bastante y, rivalizando con la esperanza de que les fuera mejor, dedicaban sus excedentes a la decoración, en una coqueta muestra de prosperidad. Los comercios de ambas veredas tenían aire de invitación, como una doble fila de sonrientes vendedores. En contraste con sus adyacentes escuálidas, incluso el domingo, cuando velaba sus más floridas gracias, la calle brillaba como un fuego en el bosque. Con sus contraventanas recién pintadas, sus bronces relucientes, su aire alegre y limpio, atraía y seducía inmediatamente la vista del paseante.

A dos puertas de una esquina, viniendo del Oeste, la línea de casas se interrumpía por la entrada de un amplio patio. Justo al lado de esta entrada, un pesado y siniestro edificio sobresalía a la calle su frontón triangular. Aunque fuera de dos pisos, no tenía ventanas: sólo la puerta de entrada, algo más abajo del nivel de la calle, y una fachada ciega de revoque descolorido. Todo el edificio, por otra parte, tenía las señales de un abandono sórdido y prolongado. La puerta, sin aldaba ni campanilla, se encontraba rajada y sin color; los vagabundos se cobijaban en su hueco y raspaban fósforos en las hojas, los niños comerciaban en los escalones y el escolar probaba su navaja en las molduras. Muy probablemente, desde hacía una generación nadie había echado a aquellos indeseables visitantes ni había arreglado lo estropeado.

Enfield y el notario caminaban por el otro lado de la calle, pero, cuando llegaron allí delante, el primero levantó el bastón indicando:

—¿Usted se ha fijado en esa puerta? —preguntó. Y añadió a la respuesta afirmativa del otro—: Está asociada en mi memoria a una historia muy extraña.

—¿Ah, sí? —dijo Utterson con un ligero cambio de voz—. ¿Qué historia?

—Bien —dijo Enfield—, fue así: regresaba a casa a pie de un lugar allá en el fin del mundo, hacia las tres de una negra mañana de invierno, y mi recorrido atravesaba una parte de la ciudad en la que no había más que las farolas. Calle tras calle, y ni un alma, todos durmiendo. Calle tras calle, todo encendido como para una procesión y vacío como en una iglesia. Terminé encontrándome, a fuerza de escuchar y volver a escuchar, en ese particular estado de ánimo en el que se empieza a desear vivamente ver a un policía. De repente vi dos figuras: una era un hombre de baja estatura, que venía a buen paso y con la cabeza gacha por el fondo de la calle; la otra era una niña, de ocho o diez años, que llegaba corriendo por una bocacalle. Bien, señor –prosiguió Enfield–, fue bastante natural que los dos, en la esquina, se dieran de bruces. Pero aquí viene la parte más horrible: el hombre pisoteó tranquilamente a la niña caída y siguió su camino, dejándola llorando en el suelo. Contado no es nada, pero verlo fue un infierno. No parecía ni siquiera un hombre, sino un vulgar *Juggernaut*... Yo comencé a correr gritando, agarré al caballero por la solapa y lo llevé donde ya había un grupo de personas alrededor de la niña que gritaba. Él se quedó totalmente indiferente, no opuso la mínima resistencia, me echó una mirada, pero una mirada tan horrible que helaba la sangre. Las personas que habían acudido eran los familiares de la pequeña, que resultó que la habían mandado a buscar a un médico, y poco después llegó el mismo. Bien, según este último, la niña no se había hecho nada, estaba más bien asustada; por lo que, en resumidas cuentas, todo podría haber terminado ahí, si no hubiera tenido lugar una curiosa circunstancia. Yo había aborrecido a mi caballero desde el primer momento; y también la familia de la niña, como es natural, lo había odiado inmediatamente. Pero me impresionó la actitud del médico, o boticario que fuese. Era —explicó Enfield– el clásico tipo estirado, sin color ni edad, con un marcado acento de Edimburgo y la emotividad de un tronco. Pues bien, señor, le sucedió lo mismo que a nosotros: lo veía palidecer de náusea cada vez que miraba a aquel hombre y temblar por las ganas de matarlo. Yo entendía lo que sentía, como él entendía lo que sentía yo; pero, no siendo el caso de matar a nadie, buscamos otra solución. Habríamos montado tal escándalo, dijimos a nuestro prisionero, que su nombre se difamaría de cabo a rabo de Londres: si tenía amigos o reputación que perder los habría perdido. Mientras nosotros, por otra parte, lo avergonzábamos y lo marcábamos a fuego, teníamos que controlar a las mujeres, que se le echaban encima como arpías. Jamás he visto un círculo de caras más enfurecidas. Y él, allí en medio, con esa especie de mueca negra y fría. Estaba también asustado, se veía, pero sin sombra de arrepentimiento. ¡Le aseguro, un diablo! Al final nos dijo: "¡Pagaré, si es lo que desean! Un caballero paga siempre para evitar el escándalo. Digan una cantidad". La cantidad fue de cien libras esterlinas para la familia de la niña. En nuestras caras debía haber algo que no presagiaba nada bueno, por lo que él, aunque estuviese claramente quemado, lo aceptó. Ahora había que conseguir el dinero. Pues bien, ¿dónde cree usted que nos llevó? Precisamente a esa puerta. Sacó la llave —continuó Enfield—, entró y volvió al poco rato son diez libras esterlinas en contante y el resto en un cheque. El cheque era del banco Coutts, al portador y llevaba la firma de una persona que no puedo decir, aunque sea uno de los puntos más singulares de mi historia. De todas las formas se trataba de un nombre muy conocido, que aparece impreso con frecuencia; si la cantidad era alta, la firma era una garantía suficiente siempre que fuese auténtica, naturalmente. Me tomé la libertad de comentar a nuestro caballero que toda la historia me parecía apócrifa: un hombre, en la vida real, no entra a las cuatro de la mañana por la puerta de una bodega para salir, unos instantes después, con el cheque de otro hombre por valor de casi cien esterlinas. Pero él, con su mueca impúdica, permaneció perfectamente a sus anchas. "No se preocupen —dijo—, me quedaré aquí hasta que abran los bancos y cobraré el cheque personalmente". De esta forma nos pusimos en marcha el médico, el padre de la niña, nuestro amigo y yo, y fuimos todos a esperar a mi casa. Por la mañana, después del desayuno, fuimos al banco todos juntos. Presenté yo mismo el cheque, diciendo que tenía razones para sospechar que la firma era falsa. Y sin embargo, nada de eso. El cheque era auténtico.

—¡Uh, Uh! —exclamó Utterson.

—Veo que usted piensa igual que yo —dijo Enfield—. Sí, una historia sucia.

Porque mi hombre era uno con el que nadie querría saber nada, un condenado; mientras que la persona que firmó el cheque es honorable, persona de renombre, además de ser (esto hace el caso aún más deplorable) una de esas buenas personas que, como suele decirse, "hacen el bien". Chantaje, supongo: un hombre honesto obligado a pagar un ojo de la cara por algún desliz de juventud. Por eso, cuando pienso en la casa tras la puerta, pienso en la Casa del Chantaje. Aunque esto, ya sabe usted, no es suficiente para explicar todo... —concluyó perplejo y quedándose luego pensativo.

Su compañero le distrajo un poco más tarde, y le preguntó algo con brusquedad:

—¿Pero sabe usted si el firmante del cheque vive ahí?

—Un lugar poco probable, ¿no lo cree? —replicó Enfield—. Pues, no. He tenido ocasión de conocer su dirección y sé que vive en una plaza, pero no recuerdo en cuál.

—¿Y nunca ha informado nunca sobre..., sobre la casa tras la puerta?

—No, señor, me pareció poco delicado —fue la respuesta—. Siempre tengo miedo de preguntar; me parece una cosa del día del juicio. Se empieza con una pregunta, y es como mover una piedra: uno se halla tranquilo arriba en el monte y la piedra empieza a caer, desprendiendo otras, hasta que le pega en la cabeza, en el jardín de su casa, a un buen hombre (el último en el que hubiera usted pensado), y la familia tiene que cambiar de apellido. No, señor, lo tengo por norma: cuanto más extraño me parece algo, menos pregunto.

—Excelente norma —dijo el notario.

—Pero he estudiado el lugar por mi cuenta —retomó Enfield—. Realmente no parece una casa. Hay sólo una puerta, y nadie entra ni sale nunca, a excepción, y en contadas ocasiones, del caballero de mi aventura. Hay tres ventanas en el piso superior, que dan al patio, ninguna en la primera planta; estas tres ventanas están siempre cerradas, pero los cristales están limpios. Y hay una chimenea de la que normalmente sale humo, por lo que debe vivir alguien. Pero no está muy claro el hecho de la chimenea, ya que dan al patio muchas casas, y resulta difícil decir dónde empieza una y termina otra.

Los dos siguieron paseando en silencio.

—Enfield —dijo Utterson después de un rato—, la norma que usted tiene es excelente.

—Sí, así lo creo —replicó Enfield.

—Sin embargo, a pesar de todo —continuó el notario—, hay algo que me gustaría solicitarle. Querría saber cómo se llama el hombre que pisoteó a la niña.

—¡Ah! —dijo Enfield—, no veo nada de malo en decirlo. El hombre se llamaba Hyde.

—¡Uh! —exclamó Utterson—. ¿Y cuál es su aspecto?

—No es fácil describirlo. Hay algo que no encaja en su aspecto, algo desagradable, sin dudas detestable. No he visto nunca a ningún hombre que me repugnase más que él, pero no sabría decir realmente por qué. Debe ser deforme, en cierto sentido; se tiene una fuerte sensación de deformidad cuando se lo ve, aunque luego no se logre poner el dedo en algo concreto. Lo extraño está en su conjunto, más que en los particulares. No, señor, no consigo empezar, me resulta imposible describirlo. Y no es por falta de memoria; porque, incluso, puedo decir que lo tengo ante mis ojos en este preciso instante.

El notario se quedó absorto y taciturno, como si siguiera el hilo de sus reflexiones.

—¿Usted está seguro de que tenía la llave? —dijo al final.

—Pero ¿y esto? —dijo Enfield, sorprendido.

—Sí, lo sé —respondió Utterson—, sé que resulta extraño. Pero mire, Richard, si no le pregunto el nombre de la otra persona es porque ya lo conozco. Su historia ha dado en el blanco, si se puede decir. Y por esto, si hubiera sido impreciso en algún punto, le ruego que me lo indique.

—Me molesta que no me lo haya advertido antes —dijo el otro con una pizca de reproche—. Pero soy pedantemente preciso, usando sus palabras. Aquel hombre tenía la llave. Y aún más, todavía la tiene: he visto cómo la usaba hace menos de una semana.

Utterson suspiró profundamente, pero no dijo ni una palabra más. El más joven, después de unos momentos, acometió una vez más:

—He recibido otra lección sobre la importancia de estar callado. ¡Me avergüenzo de mi lengua demasiado larga!... Pero escuche, hagamos un pacto de no hablar más de esta historia.

—De acuerdo, Richard —dijo el notario—. No hablaremos más.

Capítulo II
En busca de Hyde

Cuando, al anochecer, regresó a su casa de soltero, Utterson se sentía deprimido y se sentó a la mesa aunque no tenía hambre. Su costumbre de los domingos, después de cenar, era sentarse junto al fuego con algún libro de seca devoción en su escritorio, hasta que el reloj de la iglesia cercana daba las campanadas de las doce. Luego se retiraba a la cama, solemne y agradecido. Aquella noche, sin embargo, después de quitar la mesa, tomó una vela e ingresó en su despacho. Abrió la caja fuerte, sacó del fondo de un rincón un sobre con el rótulo "Testamento del Dr. Jekyll" y se sentó a estudiar el documento con el ceño fruncido.

El testamento estaba escrito de puño y letra, ya que Utterson, aunque aceptó la custodia a cosa hecha, había rechazado prestar la más mínima asistencia a su redacción. En él se establecía no sólo que, en caso de muerte de Henry

Jekyll, doctor en Medicina, doctor en Derecho, miembro de la Sociedad Real, etc., todos sus bienes pasarían a su "amigo y benefactor Edward Hyde", sino que, en caso de que el doctor Jekyll "desapareciese o estuviera inexplicablemente ausente durante un periodo superior a tres meses de calendario", el susodicho Edward Hyde entraría en posesión de todos los bienes del susodicho Henry Jekyll, sin más dilación y con la única obligación de liquidar unas modestas sumas dejadas al personal de servicio. Este documento era desde hace mucho tiempo una pesadilla para Utterson. En él ofendía no sólo al notario, sino al hombre de costumbres tranquilas, amante de los aspectos más familiares y razonables de la vida, y para el que toda extravagancia era una inconveniencia. Si, por otra parte, hasta entonces, el hecho de no saber nada de Hyde era lo que más le indignaba, ahora, por una casualidad, el hecho más grave era saberlo. La situación ya tan desagradable mientras ese nombre había sido un puro nombre sobre el que no había conseguido ninguna información, aparecía ahora empeorada cuando el nombre empezaba a revestirse de atributos odiosos y, que de los vagos, nebulosos perfiles en los que sus ojos se habían perdido, saltaba imprevisto y preciso el presentimiento de un demonio.

–Pensaba que era locura –dijo, colocando una vez más en la caja fuerte el deplorable documento–, pero empiezo a temer que sea deshonroso.

Apagó la vela, se puso un gabán y salió. Iba derecho a Cavendish Square, esa fortaleza de la medicina en la cual tenía su casa y recibía a sus innumerables pacientes el famoso doctor Lanyon, su amigo. "Si alguien sabe algo, es Lanyon", había pensado.

El solemne mayordomo lo conocía y lo recibió con deferente premura, conduciéndolo inmediatamente al comedor, en el que el médico estaba sentado solo, saboreando su vino.

Lanyon era un caballero de aspecto juvenil y con una cara rosácea llena de salud, bajo y gordo, con un mechón de pelo prematuramente blanco y modales ruidosamente vivaces. Al ver a Utterson se levantó de la silla para salir al encuentro y le apretó calurosamente la mano, con efusión quizás algo teatral, pero completamente sincera. Los dos, en efecto, eran viejos amigos, antiguos compañeros de colegio y de universidad, totalmente respetuosos tanto de sí mismos como el uno del otro. Además, tenían algo que no necesariamente se consigue: siempre se alegraban de encontrarse. Después de hablar durante unos momentos de esto y lo otro, el notario entró en el asunto que tanto le preocupaba.

–Supongo, Lanyon –dijo–, que tú y yo somos los amigos más viejos de Henry Jekyll.

–Preferiría que los amigos fuésemos más jóvenes –bromeó Lanyon–, pero me parece que efectivamente es así. ¿Por qué? Hace mucho tiempo que no lo veo.

–¿De veras? Creía que ustedes tenían muchos intereses en común –dijo Utterson.

–Los teníamos –fue la respuesta–, pero luego Henry Jekyll se hizo demasiado extravagante para mí. De unos diez años acá ha empezado a razonar, o más bien a no hacerlo, de una forma extraña; y yo, aunque siga más o menos sus trabajos, por amor de los viejos tiempos, como se dice, hace mucho que prácticamente no lo veo. Ciertos absurdos pseudocientíficos podrían separar incluso a Damón y Fintias –añadió poniéndose rojo de furia.

Esa pequeña muestra de temperamento fue algo parecido a un alivio para Utterson.

"Habrán discutido por alguna cuestión médica", pensó; y siendo, como era, ajeno a las pasiones científicas (salvo en materia de traspasos de propiedad), añadió: "¡Y si no es esto!". Luego le dejó al amigo tiempo para recuperar la calma, antes de soltarle la pregunta por la que había venido:

–¿Nunca has encontrado u oído hablar de un tal protegido de Jekyll, llamado Hyde?

–¿Hyde? –repitió Lanyon–. No. Nunca lo he oído nombrar. Lo habrá conocido más tarde.

Esta fue toda la información que el notario se llevó a casa y al amplio, oscuro lecho en el que siguió dando vueltas, poniéndose de un lado y del otro hasta que las pequeñas horas de la mañana crecieron. Fue una noche en la que no descansó su mente que, asediada por preguntas sin respuesta, siguió agitándose en la absoluta oscuridad.

Cuando se oyeron las campanadas de las seis en la iglesia tan oportunamente cercana, Utterson seguía inmerso en el problema. Más aún, si hasta entonces se había empeñado con la inteligencia, ahora se encontraba también llevado por la imaginación. En la oscuridad de su habitación de pesadas cortinas repasaba la historia de Enfield ante sus ojos como una serie de imágenes proyectadas por una linterna mágica. He aquí la gran hilera de farolas de una ciudad de noche, he aquí la figura de un hombre que avanza rápido, he aquí la de una niña que va a llamar a un doctor, y he aquí las dos figuras que chocan... ¡He ahí ese *Juggernaut* humano que atropella a la niña y pasa por encima sin preocuparse de sus gritos!

Otras veces Utterson veía el dormitorio de una casa rica y a su amigo que dormía tranquilo y sereno como si sonriera en sueños; luego se abría la puerta, se descorrían violentamente las cortinas de la cama, y entonces allí, de pie, la figura a la que se le había dado todo poder, incluso el de despertar al que dormía en esa hora muerta para llamarlo a sus obligaciones.

Tanto en una como en la otra serie de imágenes, aquella figura siguió obsesionando al notario durante toda la noche. Si a ratos se adormecía, volvía a verla deslizarse más furtiva en el interior de las casas dormidas, o avanzar rápida, siempre muy rápida, vertiginosa, por laberintos cada vez mayores de calles alumbradas por farolas, arrollando en cada cruce a una niña y dejándola llorando en la calle.

Y sin embargo la figura no tenía un rostro, tampoco los sueños tenían rostro, o tenían uno que se deshacía antes de que Utterson consiguiera fijarlo. Así creció en el notario una curiosidad muy fuerte, incluso irresistible, por conocer las facciones del verdadero Hyde. Si hubiese podido verlo al menos una vez, creía, se habría aclarado o quizás disuelto el misterio, como sucede a menudo cuando las cosas misteriosas se ven de cerca. Quizás habría conseguido explicar de alguna forma la extraña inclinación (o la siniestra dependencia) de su amigo, y quizás también esa incomprensible cláusula de su testamento. De todas las formas era un rostro que valía la pena conocer, el rostro de un hombre sin entrañas de piedad, un rostro al que había bastado con mostrarse para suscitar, en el frío Enfield, un sentimiento de odio tan persistente.

Desde ese mismo día, Utterson empezó a vigilar esa puerta, en esa calle de comercios. Muy de mañana, antes de la hora de oficina; a mediodía, cuando el trabajo era abundante y el tiempo escaso; por la noche, bajo la velada cara de la luna ciudadana. Con todas las luces y a todas horas, solitarias o rebosantes de gente, se podía encontrar allí al notario, en su puesto de guardia.

"Si él es el señor Hyde –había pensado–, yo seré el señor Seek"*. Y, por fin, su paciencia fue recompensada.

Era una noche seca, serena y helada. Las calles estaban tan limpias como la pista de un salón de baile; las farolas, con sus llamas inmóviles por la ausencia total de viento, proyectaban una precisa trama de luces y sombras. Después de las diez, cuando cerraban los comercios, el lugar se hacía muy solitario y, a pesar del ruido sordo de Londres, muy silencioso. Los más pequeños sonidos llegaban en la distancia, los ruidos domésticos de las casas se oían claramente en la calle y, si un peatón se acercaba, el ruido de sus pasos lo anunciaba antes de que apareciera a la vista.

Utterson estaba allí desde hacía unos minutos cuando, de repente, se dio cuenta de unos pasos extrañamente rápidos que se acercaban.

---

* NdE: Juego de palabras entre "Hyde", (en inglés, "Esconde") y "Seek" ("Busca").

En el curso de sus vigilancias nocturnas ya se había acostumbrado a ese extraño efecto por el que los pasos de una persona, aún bastante lejos, resonaban de repente muy claros en el vasto y confuso fondo de los ruidos de la ciudad. Pero su atención nunca había sido atraída de un modo tan preciso y decidido como ahora, de modo que un fuerte, supersticioso presentimiento de éxito llevó al notario a esconderse en la entrada del patio.

Los pasos siguieron acercándose con rapidez, y su sonido creció de repente cuando, desde un lejano cruce, entraron en la calle. Utterson pudo ver de inmediato, desde su puesto de observación en la entrada, con qué tipo de persona tenía que enfrentarse. Era un hombre de baja estatura y de vestir más bien ordinario, pero su aspecto general, incluso desde esa distancia, era de alguna forma tal que suscitaba una inclinación para nada benévola respecto a él. Se fue derecho a la puerta, atravesando diagonalmente para ganar tiempo y, al acercarse, sacó del bolso una llave con el gesto de quien llega a su casa.

El notario se adelantó y le tocó en el hombro.

–¿El señor Hyde?

El otro se echó para atrás, aspirando con una especie de silbido. Pero se recompuso inmediatamente y, aunque no levantase la cara para mirar a Utterson, respondió con bastante calma:

–Sí, me llamo Hyde. ¿En qué puedo ayudarle?

–Veo que se dispone a entrar –respondió el notario–. Soy un viejo amigo del doctor Jekyll: Utterson, de Gaunt Street. Supongo que usted debe conocer mi nombre. Quizás podríamos entrar, ya que nos encontramos aquí.

–Si busca a Jekyll no está no está en casa –contestó Hyde metiendo la llave. Luego preguntó de repente, sin levantar la cabeza–: ¿Cómo me ha reconocido?

–¿Me haría un favor? –dijo Utterson.

–¿Cómo no? –contestó el otro– ¿Qué favor?

–Déjeme mirarlo a la cara.

Hyde pareció dudar, pero luego, como en una decisión imprevista, levantó la cabeza, desafiante, y los dos se quedaron mirándose durante unos momentos.

—Ahora debería reconocerlo en otra oportunidad —dijo Utterson—. Podría ser útil.

—Sí —contestó Hyde—, es bueno que nos encontráramos. A propósito, convendría que usted tuviese mi dirección— y le dio el número de una calle de Soho.

"¡Buen Dios!, pensó el notario, "¿es posible que también él haya pensado en el testamento?". Se guardó esta sospecha y se limitó a recordar la dirección.

— Y ahora dígame —dijo el otro—. ¿Cómo me ha reconocido?

—Alguien lo describió —fue la respuesta.

—¿Quién?

—Tenemos amigos en común —dijo Utterson.

—¿Amigos en común? —hizo eco Hyde con una voz un poco ronca—. ¿Y quiénes serían?

—Jekyll, por ejemplo —dijo el notario.

—¡Él nunca hizo tal cosa! — gritó Hyde con imprevista ira—. ¡No creí que fuera usted un mentiroso!

—Vamos, vamos —dijo Utterson—. No se debe hablar así.

El otro enseñó los dientes con una carcajada salvaje. Un instante después, con extraordinaria rapidez, ya había abierto la puerta y había desaparecido dentro.

El notario se quedó un momento como Hyde lo había dejado. Parecía el retrato del desconcierto. Luego empezó a subir lentamente a la calle, pero parándose cada pocos pasos y llevándose una mano a la frente, como quien se encuentra en el mayor desconcierto. Y, de hecho, su problema parecía irresoluble. Hyde era pálido y muy pequeño, daba una impresión de deformidad aunque sin malformaciones concretas, tenía una sonrisa repugnante, se comportaba con una mezcla viscosa de pusilanimidad y arrogancia, hablaba con una especie de ronco y roto susurro: todas cosas sin duda negativas, pero que aunque fueran sumadas no explicaban la inaudita aversión, repugnancia y miedo que habían sobrecogido a Utterson.

"Debe haber alguna otra cosa, más aún, estoy seguro de que la hay –se repetía perplejo el notario–, sólo que no consigo darle un nombre. ¡Ese hombre, Dios me ayude, apenas parece humano! ¿Algo de troglodítico? ¿O será la vieja historia del Dr. Fell? ¿O la simple irradiación de un alma infame que transpira por su cáscara de arcilla y la transforma? ¡Creo que es esto, mi pobre Jekyll! Si alguna vez una cara ha llevado la firma de Satanás, es la cara de tu nuevo amigo".

Al fondo de la calle, al dar la vuelta a la esquina, había una plaza de casas elegantes y antiguas, ahora ya decadentes, en cuyos pisos o habitaciones de alquiler vivía gente de todas las condiciones y oficios: pequeños impresores, arquitectos abogados más o menos dudosos, agentes de oscuros negocios. Sin embargo, una de estas casas, la segunda de la esquina, no estaba todavía dividida y mostraba todas las señales de confort y lujo, aunque en ese momento estuviese completamente a oscuras, a excepción de la media luna de cristal por encima de la puerta de entrada. Utterson se paró ante esta puerta y llamó. Un mayordomo anciano y bien vestido vino a abrirle.

–¿Está en casa el doctor Jekyll, Poole? – preguntó el notario.

–Voy a ver, señor Utterson –dijo Poole, haciendo entrar al visitante a un amplio atrio con el techo bajo y con el pavimento de piedra, calentado (como en las casas de campo) por una chimenea que sobresalía, y decorado con viejos muebles de roble–. ¿Quiere esperar aquí, junto al fuego, señor? ¿O prefiere que le encienda una luz en el comedor?

–Aquí, gracias –dijo el notario acercándose a la chimenea y apoyándose en la alta repisa.

De ese atrio, orgullo de su amigo Jekyll, Utterson solía hablar como del salón más acogedor de todo Londres. Esta noche, empero, un escalofrío le duraba en los huesos. La cara de Hyde no se le iba de la memoria. Sentía (algo extraño en él) náusea y disgusto por la vida. Y con esta oscura disposición de ánimo le parecía leer una amenaza en los reflejos del fuego en la lisa superficie de los muebles o en la vibración insegura de las sombras en el techo. Se avergonzó de su alivio cuando Poole, al poco tiempo, volvió para anunciar que el doctor Jekyll había salido.

–He visto al señor Hyde entrar por la puerta de la vieja sala anatómica –dijo–. ¿Es normal cuando el doctor Jekyll no está en casa?

–Completamente normal, señor Utterson. El señor Hyde tiene la llave.

–Me parece que su amo da mucha confianza a ese joven, Poole – comentó el notario con una mueca.

–Sí, señor. Efectivamente, señor –dijo Poole–. Todos nosotros tenemos orden de obedecerle.

–Yo no lo he visto aquí nunca, ¿verdad? –preguntó Utterson.

–Pues, claro que no, señor –dijo el otro–. Él no viene nunca a comer, y no se hace ver mucho en esta parte de la casa. Como máximo viene y sale por el laboratorio.

–Bien, buenas noches, Poole.

–Buenas noches, señor Utterson.

El notario se dirigió a su casa con el corazón en un puño. "¡Pobre Henry Jekyll –pensó–, tengo miedo de que esté realmente metido en un buen lío! De joven, tenía un temperamento fuerte, y, aunque haya pasado tanto tiempo, ¡vete a saber! La ley de Dios no conoce prescripción… Por desgracia, debe ser así: el fantasma de una vieja culpa, el cáncer de un deshonor escondido y el castigo que llega, después de años que la memoria ha olvidado y que el amor de sí ha condonado el error".

Impresionado por esta idea, el notario se puso a analizar su propio pasado, buscando en todos los recovecos de la memoria y casi esperando que de allí, como de una caja de sorpresas, saltase de repente alguna vieja iniquidad.

En su pasado no había nada de reprochable, pocos podrían haber deshojado con menor aprensión los registros de su vida. Sin embargo Utterson se reconoció muchas culpas y sintió una profunda humillación, apoyándose sólo, con sobrio y timorato reconocimiento, en el recuerdo de muchas otras en las que había estado a punto de caer, pero que, por el contrario había evitado.

Volviendo a los pensamientos de antes, concibió un rayo de esperanza. "A este señorito Hyde –se dijo–, si se le estudia de cerca, se le deberían sacar sus secretos: secretos negros, a juzgar por su apariencia, al lado de los cuales también los más oscuros de Jekyll resplandecerían como la luz del sol. Las cosas no pueden seguir así. Me da escalofríos pensar en ese ser bestial que se desliza como un ladrón hasta el lecho de Henry... ¡Pobre Henry, qué despertar! Y un peligro más: porque, si ese Hyde sabe o sospecha lo del testamento, podrá impacientarse por heredar... ¡Ah, si Jekyll al menos me permitiese ayudarle! ¡Si al menos me lo permitiese!", se repitió, porque una vez más habían aparecido ante sus ojos, nítidas y como en transparencia, las extrañas cláusulas del testamento.

Capítulo III
El Dr. Jekyll estaba perfectamente tranquilo

No habían pasado quince días cuando por una casualidad que Utterson juzgó providencial, el doctor Jekyll reunió en una de sus agradables comidas a cinco o seis viejos compañeros, todos excelentes e inteligentes personas, además de expertos en buenos vinos. El notario aprovechó para quedarse una vez que los otros se fueron. No resultó extraño porque sucedía muy a menudo, ya que la compañía de Utterson era muy estimada donde se lo estimaba. Para quien le invitaba era un placer retener al taciturno notario, cuando los demás huéspedes, más locuaces e ingeniosos, ponían el pie en la puerta; era agradable quedarse un rato más con ese hombre discreto y tranquilo, casi para hacer práctica de soledad y fortalecer el espíritu de su rico silencio, después de la fatigosa tensión de la alegría.

Y el doctor Jekyll no era una excepción a esta regla. Sentado con Utterson junto al fuego –un hombre alto y guapo, sobre los cincuenta, de rasgos finos y proporcionados que reflejaban quizás una cierta malicia, pero también una gran inteligencia y bondad de ánimo– se veía con claridad que sentía un afecto cálido y sincero por el notario.

–Escucha, Jekyll, hace tiempo que quería hablar contigo –dijo Utterson–.¿Recuerdas aquel testamento tuyo?

El médico, como habría podido notar un observador atento, tenía pocas ganas de entrar en ese tema, pero supo salir con gran desenvoltura.

–¡Mi pobre Utterson –dijo–, eres desafortunado al tenerme como cliente!

¡No he visto a nadie tan afligido como tú por ese testamento mío, si quitamos al insoportable pedante de Lanyon por ésas que él llama mis herejías científicas! Sí, ya sé que es una buena persona, no me mires de esa forma. Una buenísima persona. Pero es un insoportable pedante, un pedante ignorante y presuntuoso. Nadie me ha desilusionado tanto como Lanyon.

–Ya sabes que siempre lo desaprobé –insistió Utterson sin dejarle escapar del asunto.

–¿Mi testamento? Sí, ya lo sé –asintió el médico con una pizca de impaciencia–. Me lo has dicho y repetido.

–Bien, te lo repito de nuevo –dijo el notario –. He sabido algunas cosas sobre tu joven Hyde.

El rostro cordial del doctor Jekyll palideció hasta los labios, y por sus ojos pasó como un rayo oscuro.

–No quiero oír más –dijo–. Habíamos decidido, creo, dejar a un lado este asunto.

–Las cosas que he oído son abominables – dijo Utterson.

–No puedo hacer nada ni cambiar nada. Tú no entiendes mi posición – repuso nervioso el médico–. Me encuentro en una situación penosa, Utterson, y en una posición extraña…, muy extraña. Es una de esas cosas que no se arreglan hablando.

–Jekyll, tú me conoces y sabes que puedes fiarte de mí –dijo el notario–. Explícate, dime todo en confianza, y estoy seguro de poder sacarte de este lío.

–Mi querido Utterson –dijo el médico–, esto es verdaderamente amable, extraordinariamente amable de tu parte. No tengo palabras para agradecértelo. Y te aseguro que, si tuviera que escoger, no hay persona en el mundo, ni siquiera yo mismo, de la que me fiaría más que de ti. Pero, de verdad, las cosas no están como crees, la situación no es tan grave. Para dejar en paz a tu buen corazón te diré una cosa: podría liberarme del señor Hyde en cualquier momento que quisiera. Te doy mi palabra. Te lo agradezco infinitamente una vez más pero, sabiendo que no te lo tomarás a mal, también añado esto: se trata de un asunto estrictamente privado, por lo que te ruego que no volvamos sobre el mismo.

Utterson reflexionó unos instantes, mirando al fuego:

–De acuerdo, no dudo que tú tengas razón– dijo por fin, levantándose.

–Pero, dado que hemos hablado y espero que por última vez –retomó el médico–, hay un punto que quisiera que tú entendieses. Siento un tremendo afecto por el pobre Hyde. Sé que lo has visto, me lo ha dicho, y tengo miedo que no haya sido muy cortés. Pero, repito, siento un tremendo afecto por ese joven, y, si yo desapareciese, tú prométeme, Utterson, que lo tolerarás y que tutelarás sus legítimos intereses. No dudo que lo harías si supieras todo, y tu promesa me quitaría un peso de encima.

–No puedo garantizarte –dijo el notario– que conseguiré alguna vez sentirme a gusto con él.

Jekyll le puso la mano en el brazo.

–No te pido eso –dijo con calor–. Te pido sólo que tuteles sus derechos y te pido que lo hagas por mí, cuando yo ya no esté.

Utterson no pudo contener un profundo suspiro.

–Bien –dijo–. Te lo prometo.

Capítulo IV
El homicidio Carew

Casi un año después, en octubre de 18… todo Londres estaba alborotado por un delito horrible, no menos execrable por su crueldad que por la personalidad de la víctima. Los particulares que se conocieron fueron pocos pero atroces.

Hacia las once, una camarera que vivía sola en una casa no muy lejos del río, había subido a su habitación para ir a la cama. A esa hora, aunque más tarde una cerrada niebla envolviese la ciudad, el cielo estaba aún despejado, y la calle a la que daba la ventana de la muchacha estaba muy iluminada por el plenilunio.

Hay que suponer que la muchacha tuviese inclinaciones románticas, ya que se sentó en el baúl que tenía arrimado al alféizar y se quedó allí soñando y mirando a la calle. Nunca (como luego repitió entre lágrimas, al contar esa experiencia), nunca se había sentido tan en paz con todos ni mejor dispuesta con el mundo. Y he aquí que, mientras estaba sentada, vio a un anciano y distinguido señor de pelo blanco que subía por la calle, mientras otro señor más bien pequeño, y al que prestó poca atención al principio, venía por la parte opuesta. Cuando los dos llegaron al punto de cruzarse (y esto precisamente debajo de la ventana), el anciano se desvió hacia el otro y se acercó, inclinándose con gran cortesía. No tenía nada importante que decirle, por lo que parecía; probablemente, a juzgar por los gestos, quería sólo preguntar por la calle; pero la luna le iluminaba la cara mientras hablaba, y la camarera se encantó al verlo, por la benignidad y gentileza a la antigua que parecía despedir, no sin algo de estirado, como por una especie de bien fundada complacencia de sí.

Dirigiendo luego la atención al otro paseante, la muchacha se sorprendió al reconocer a un tal señor Hyde, que había visto una vez en casa de su amo y no le había gustado nada. Este tenía en la mano un bastón pesado, con el que jugaba, pero no respondía ni una palabra y parecía escuchar con impaciencia apenas contenida. Y luego, de repente, estalló en un acceso de cólera, dando patadas en el suelo, blandiendo su bastón y comportándose (según la descripción de la camarera) absolutamente como un loco.

El anciano caballero dio un paso atrás, con aire de quien está muy extrañado y también bastante ofendido; a esto el señor Hyde se desató del todo y lo tiró al suelo de un bastonazo. Inmediatamente después, con la furia de un mono, saltó sobre él pisoteándolo y descargando encima una lluvia de golpes, bajo los cuales se oía cómo se rompían los huesos y el cuerpo resollaba en la calle. La camarera se desvaneció por el horror de lo visto y de lo oído.

Eran las dos cuando volvió en sí y llamó a la policía. El asesino hacía ya tiempo que se había ido, pero la víctima estaba todavía allí en medio de la calle, en un estado espantoso. El bastón con el que le habían matado, aunque de madera dura y pesada, se había partido en dos en el desencadenamiento de esa insensata violencia; y una mitad astillada había rodado hasta la cuneta, mientras la otra, sin duda, se había quedado en manos del asesino. El cadáver llevaba encima un monedero y un reloj de oro, pero ninguna tarjeta o documento, a excepción de una carta cerrada y franqueada, que la víctima probablemente llevaba a correos y que ponía el nombre y la dirección del señor Utterson.

El notario estaba aún en la cama cuando le llevaron esta carta, pero, apenas la tuvo bajo sus ojos y le informaron de las circunstancias, se quedó muy serio.

—No puedo decir nada hasta que no haya visto el cadáver —dijo—, pero tengo miedo de tener que darles una pésima noticia. Tengan la cortesía de esperar a que me vista.

Con el aspecto serio, después de un rápido desayuno, dijo que le pidieran un coche de caballos y se hizo conducir a la comisaría, adonde habían llevado el cadáver. Al verlo, admitió:

—Sí, lo reconozco —dijo—, y me duele anunciarles que se trata de Sir Danvers Carew.

—¡Dios mío!, ¿pero cómo es posible? —exclamó consternado el funcionario.

Luego sus ojos se encendieron de ambición profesional.

—Es un delito que hará mucho ruido. ¿Usted podría ayudarnos a encontrar a ese Hyde? —dijo, y referido brevemente el testimonio de la camarera, mostró el bastón partido.

Utterson se había quedado pálido al oír el nombre de Hyde, pero al ver el bastón ya no tenía dudas; por roto y astillado que estuviera, era un bastón que él mismo había regalado a Henry Jekyll hacía muchos años.

—¿Ese Hyde es una persona de baja estatura? —preguntó.

—Muy pequeño y de aspecto mal encarado, al menos es lo que dice la camarera.

Utterson reflexionó un instante con la cabeza gacha, luego miró al funcionario.

—Tengo un coche ahí fuera —dijo—. Si viene conmigo, creo que puedo llevarlo a su casa.

Eran ya las nueve de la mañana y la primera niebla de la estación pesaba sobre la ciudad como un gran manto color chocolate. Pero el viento batía y demolía continuamente esos contrafuertes de humo; de tal forma que Utterson, mientras avanzaba el coche lentamente de calle en calle, podía contemplar crepúsculos de una sorprendente diversidad de gradación y matices: aquí dominaba el negro de una noche ya cerrada, allí se encendían resplandores de oscura púrpura, como un extenso y extraño incendio, mientras más adelante, lacerando un momento la niebla, una imprevista y lívida luz diurna penetraba entre las deshilachadas cortinas.

Visto en estos cambiantes escorzos, con sus calles fangosas y sus paseantes desaliñados, con sus farolas no apagadas desde la noche anterior o encendidas de prisa para combatir esa nueva invasión de oscuridad, el oscuro barrio de Soho se le aparecía a Utterson como recortado en una ciudad de pesadilla. Sus mismos pensamientos, por otra parte, eran de tintes oscuros, y, si miraba al funcionario que tenía al lado, sentía que le sobrecogía ese terror que la ley y sus ejecutores infunden a veces hasta en los más inocentes.

Cuando el coche se paró en la dirección indicada, la niebla se levantó un poco descubriendo un miserable callejón con una tasca de vino, un equívoco restaurante francés, una tienducha de verduras y periódicos de un sueldo, niños piojosos agachados en las puertas y muchas mujeres de distinta nacionalidad que se iban, con la llave de casa en mano, a beber su ginebra matutina. Un instante después, la niebla había caído de nuevo, negra como la tierra de sombra, aislando al notario de esos miserables contornos. ¡Aquí vivía el favorito de Henry Jekyll, el heredero de un cuarto de millón de esterlinas!

Una vieja de cara de marfil y cabellos de plata vino a abrir la puerta.

Tenía mala pinta, de una maldad suavizada por la hipocresía, pero sus modales eran educados.

—Sí, dijo, el señor Hyde vive aquí, pero no está en casa.

Había vuelto muy tarde por la noche y apenas hacía una hora que había salido de nuevo; en esto no había nada de extraño, ya que sus costumbres eran muy irregulares y a menudo estaba ausente; por ejemplo, hasta antes de ayer ella no le había visto desde hacía dos meses.

—Bien, entonces querríamos ver sus habitaciones —dijo el notario y, cuando la mujer se puso a protestar que era imposible, cortó por lo sano—: El señor viene conmigo, se lo advierto, es el inspector Newcomen de Scotland Yard.

Un relámpago de odiosa satisfacción iluminó la cara de la mujer, que dijo:

—¡Ah, metido en líos! ¿Qué ha hecho?

Utterson y el inspector intercambiaron una mirada.

—Parece que es un tipo no muy querido —observó el funcionario—. Y ahora, buena mujer, déjenos echar un vistazo.

De toda la casa, en la que, aparte de la mujer no vivía nadie más, Hyde se había reservado sólo un par de habitaciones; pero éstas estaban amuebladas con lujo y buen gusto. En una alacena había vinos de calidad, los cubiertos eran de plata, los manteles muy finos; había colgado probablemente, pensó Utterson, un regalo de Henry Jekyll, que era un amante del arte; y las alfombras, muchísimas, eran de colores agradablemente variados. Sin embargo, las dos habitaciones estaban patas arriba y mostraban que habían sido bien registradas. En el suelo se amontonaba ropa con los bolsillos al revés; varios cajones habían quedado abiertos; y en la chimenea, donde parecía que habían quemado muchos papeles, había un montón de ceniza del que el inspector recuperó el canto y las matrices quemadas de un talonario verde de cheques. Detrás de una puerta se encontró la otra mitad del bastón, con complacencia del inspector, que así tuvo en la mano una prueba decisiva. Y una visita al banco, donde aún había en la cuenta del asesino unos miles de esterlinas, completó la satisfacción del funcionario.

–¡Ya lo tengo, estése seguro, señor! –dijo a Utterson–. Pero debe haber perdido la cabeza al haber dejado allí el bastón, y más aún al haber quemado el talonario de cheques. Sin dinero no puede seguir, así que no nos queda nada más que esperarlo en el banco y enviar mientras tanto su descripción.

Pero el optimismo del inspector se revelaría excesivo. A Hyde le conocían pocas personas (el mismo amo de la camarera testigo del delito lo había visto dos veces en total), y de su familia no se encontró rastro. Nunca se le había fotografiado, y los pocos que le habían encontrado dieron descripciones contradictorias, como a menudo sucede en estos casos. En algo estaban todos de acuerdo: el fugitivo dejaba una impresión de monstruosa pero inexplicable deformidad.

Capítulo V
El incidente de la carta

Entrada la tarde, Utterson se presentó en casa del doctor Jekyll. Poole lo acompañó hasta la baja construcción llamada el laboratorio o también, indistintamente, la sala anatómica, por pasillos contiguos a la cocina y luego a través de un patio que un tiempo atrás había sido jardín. Efectivamente, el médico había comprado la casa a los herederos de un famoso cirujano e, interesado por la química más que por la anatomía, había cambiado de destino al rudo edificio del fondo del jardín. El notario, que por primera vez era recibido en esta parte de la casa, observó con curiosidad la tétrica estructura sin ventanas, y miró alrededor con una desagradable sensación de extrañeza atravesando el teatro anatómico, un día abarrotado de enfervorizados estudiantes y ahora silencioso, abandonado, con las mesas atestadas de aparatos químicos, el suelo lleno de cajas y paja de embalar y una luz gris que se filtraba a duras penas por el lucernario polvoriento. En una esquina de la sala, una pequeña rampa llevaba a una puerta forrada con un paño rojo. Por esta puerta entró finalmente Utterson en el cuarto de trabajo del médico.

Este cuarto, un alargado local lleno de armarios y cristaleras, con un escritorio y un espejo grande inclinable en ángulo, recibía luz de tres polvorientas ventanas, protegidas con verjas, que daban a un patio común. Ardía el fuego en la chimenea y ya estaba encendida la lámpara en la repisa, porque también en el patio la niebla empezaba a cerrarse. Y allí, junto al fuego, estaba sentado Jekyll con un aire de mortal abatimiento.

No se levantó para salir al encuentro de su visitante, sino que le tendió una mano helada, dándole la bienvenida con una voz alterada.

—¿Y ahora? —dijo Utterson apenas se fue Poole—. ¿Has oído la noticia?

Jekyll se estremeció visiblemente.

—Estaba en el comedor —murmuró—, cuando he oído gritar a los vendedores de periódicos en la plaza.

—Sólo una cosa —dijo el notario—. Carew era cliente mío, pero también tú lo eres y quiero saber cómo comportarme. ¡No serás tan loco que quieras ocultar a ese individuo!

—Utterson, lo juro por Dios —gritó el médico—, juro por Dios que ya no lo volveré a ver. Te prometo por mi honor que ya no tendré nada que ver con él en este mundo. Ha terminado todo. Y, por otra parte, él no tiene necesidad de mi ayuda. Tú no lo conoces como yo. Está a salvo, perfectamente a salvo. Puedes creerme si te digo que nadie jamás oirá hablar de él.

Utterson lo escuchó con profunda perplejidad. No le gustaba nada el aire febril de Jekyll.

—Espero por ti que así sea —dijo—. Saldría tu nombre, si se llega a procesarlo.

—Estoy convencido de ello —dijo el médico—, aunque no pueda contarte las razones. Pero hay algo sobre lo que me podrías aconsejar. He recibido una carta y no sé si debo enseñársela a la policía. Quisiera dártela y dejarte a ti la decisión; sé que de ti me puedo fiar más que de nadie.

—¿Tienes miedo de que la carta pueda poner a la policía tras su pista?

—No, he acabado con Hyde y ya no me importa él —dijo con fuerza Jekyll—. Pero pienso en el riesgo de mi reputación por este asunto abominable.

Utterson se quedó un momento rumiando. Le sorprendía y aliviaba a la vez el egoísmo del amigo.

—Bien —dijo al final—, veamos la carta.

La carta, firmada "Edward Hyde" y escrita en una extraña caligrafía vertical, decía, en pocas palabras, que el doctor Jekyll, benefactor del firmante pero cuya generosidad había sido pagada de modo tan indigno, no tenía que preocuparse por la salvación del remitente, en cuanto éste disponía de medios de fuga en los que podía confiar plenamente.

El notario encontró bastante satisfactorio el tenor de esta carta, que ponía la relación entre los dos bajo una luz más favorable de lo que hubiese imaginado; y se reprochó haber nutrido algunas sospechas.

—¿Tienes el sobre? —preguntó.

—No —dijo Jekyll—. Lo quemé sin pensar en lo que hacía. Pero no traía matasellos. Fue entregada en mano.

–¿Quieres que me lo piense y la tenga mientras tanto?

–Haz libremente lo que creas mejor –Fue la respuesta–. Yo ya he perdido toda confianza en mí.

–Bien, lo pensaré –replicó el notario–. Pero dime una cosa: ¿Esa cláusula del testamento, sobre una posible desaparición tuya, te la dictó Hyde?

El médico pareció encontrarse a punto de desfallecer, pero apretó los dientes y admitió.

–Lo sabía –dijo Utterson–, ¡tenía intención de asesinarte. ¡Te has escapado de buena!

–¡Ya me he escapado, Utterson! He recibido una lección… ¡Ah, qué lección! –dijo Jekyll con voz rota, tapándose la cara con las manos.

Al salir, el notario se paró a intercambiar unas palabras con Poole.

–Por cierto –dijo–, sé que han traído hoy, en mano, una carta. ¿Quién la trajo? Pero Poole afirmó que ese día no había llegado otra correspondencia que la del correo.

–Y sólo circulares –añadió.

Con esta noticia el visitante sintió que reaparecían todos sus temores.

Han entregado la carta, pensó mientras se iba, en la puerta del laboratorio; más aún, se había escrito en el mismo laboratorio; y si las cosas eran así, había que juzgarlo de otra forma y tratarlo con mayor cautela. "¡Edición extraordinaria! ¡Horrible asesinato de un miembro del Parlamento!", gritaban mientras tanto los vendedores de periódicos en la calle. "Es la oración fúnebre por un amigo y cliente", pensó el notario. Y no pudo no temer que el buen nombre de otro terminase metido en el escándalo.

La decisión que debía tomar le pareció muy delicada; y, a pesar de que normalmente era muy seguro de sí, empezó a sentir la viva necesidad de un consejo. Es verdad, pensó, que no era un consejo que se pudiera pedir directamente, pero quizás lo habría conseguido de una forma indirecta.

Poco más tarde estaba sentado en su despacho, al lado de la chimenea, y delante de él, en el otro lado, estaba sentado el señor Guest, su oficial. En un punto intermedio entre los dos, y a una distancia bien calculada del fuego, posaba una botella de un buen vino añejo, que había pasado mucho tiempo en los cimientos de la casa, lejos del sol. Flujos de niebla seguían oprimiendo la ciudad sumergida, en la que las farolas resplandecían como rubíes y la vida ciudadana, filtrada, amortiguada por esas nubes caídas, rodaba por esas grandes arterias con un ruido sordo, como el viento impetuoso. Pero la habitación se alegraba con el fuego de la chimenea, y en la botella se habían disuelto hacía mucho tiempo los ácidos: el color de vivo púrpura, como el matiz de algunas vidrieras, se había hecho más profundo con los años, y un resplandor de cálido otoño, de dorados atardeceres en los viñedos de la colina, iba a descorcharse para dispersar las nieblas de Londres. Insensiblemente se relajaron los nervios del notario. No había nadie con quien mantuviera menos secretos que con el señor Guest, y no siempre estaba seguro, bueno, de haber mantenido cuantos creía. Guest había ido a menudo donde Jekyll por motivos de trabajo, conocía a Poole, y era difícil que no hubiera oído hablar de Hyde como íntimo de la casa. Ahora habría podido sacar conclusiones.

¿No valía la pena que viese esa carta clarificadora del misterio? Además, siendo un apasionado y un buen experto en grafología, la confianza le habría parecido totalmente natural. El oficial, por otra parte, era persona de sabio consejo; difícilmente habría podido leer ese documento tan extraño sin dejar de hacer una observación: y quizás así, vaya uno a saber, Utterson habría encontrado la sugerencia que buscaba.

—Un triste lío —dijo— lo de Sir Danvers.

—Triste, señor. Y ha levantado una gran indignación —dijo el señor Guest—. Ese hombre, naturalmente, era un loco.

—Querría precisamente vuestra opinión; tengo aquí un documento, una carta de su puño y letra —dijo Utterson—. Se entiende que este escrito queda entre nosotros, porque todavía no sé qué voy a hacer con él; un lío feo es lo menos que se puede decir. Pero he aquí un documento que parece hecho para usted: el autógrafo de un asesino.

Al señor Guest le brillaron los ojos. Un instante después ya estaba inmerso en el examen de la carta, que estudió con un apasionado interés.

—No, señor —dijo al final—. No está loco, pero tiene una caligrafía muy extraña.

—Es extraña desde todos los puntos de vista —dijo Utterson.

Justo en ese momento entró un criado con una nota.

—¿Es del doctor Jekyll, señor? Me ha parecido reconocer la caligrafía en el sobre —se interesó el oficial mientras el notario desdoblaba el papel—. ¿Algo privado, señor Utterson?

—Sólo una invitación a comer. ¿Por qué? ¿Desea verla?

—Sólo un momento, gracias —dijo el señor Guest.

Cogió el papel, lo puso junto al otro y procedió a una minuciosa comparación.

—Gracias —repitió al final devolviendo ambos—. Un autógrafo muy interesante.

Durante la pausa que siguió, Utterson pareció luchar consigo mismo.

—¿Por qué los ha comparado, Guest? —preguntó luego, de repente.

—Bien, señor —dijo el otro—: hay un parecido muy singular; las dos caligrafías tienen una inclinación distinta, pero por lo demás son casi idénticas.

—Muy curioso —dijo Utterson.

—Es un hecho, como usted dice, muy curioso —dijo el señor Guest.

—Por lo que yo no hablaría de esta carta.

—No —dijo el señor Guest—. Ni yo tampoco, señor.

Aquella noche, apenas se quedó solo, Utterson metió la carta en la caja fuerte y decidió dejarla allí. "¡Misericordia! —pensó—. ¡Henry Jekyll falsificador a favor de un asesino!". Y la sangre se le heló en las venas.

Capítulo VI
El extraordinario incidente del doctor Lanyon

El tiempo pasó. Una recompensa de miles de esterlinas se mecía sobre la cabeza del asesino, ya que la muerte de Sir Danvers había sido considerada una afrenta a toda la comunidad. Sin embargo Hyde escapaba a la búsqueda como si no hubiera existido nunca. Muchas cosas de su pasado, todas espantosas, habían salido a la luz. Fueron conocidas sus crueldades inhumanas y sus vilezas, su vida ignominiosa, sus extrañas compañías, el odio que parecía haber inspirado cada una de sus acciones. Empero, no había ni el más mínimo rastro sobre el lugar en que se escondía. Desde el momento en que había dejado su casa de Soho, la mañana del delito, Hyde había desaparecido por completo.

Lentamente Utterson comenzó a reponerse de las peores sospechas y a recuperar algo de calma. La muerte de Sir Danvers, llegó a pensar, está más que pagada con la desaparición del señor Hyde. Además Jekyll parecía renacido a nueva vida ahora que ya no sufría esa influencia nefasta. Salido de su aislamiento, volvió a frecuentar a los amigos y a recibirlos con la familiaridad y cordialidad que solía tener; y si siempre había sobresalido por sus obras de caridad, ahora se distinguía también por su espíritu religioso.

Llevaba una vida activa y pasaba mucho tiempo al aire libre. En su mirada se reflejaba la conciencia de quien no pierde ocasión para hacer el bien. Y así, en paz consigo mismo, vivió más de dos meses.

El 8 de enero Utterson había cenado en casa de él con otros amigos, entre ellos también Lanyon, y la mirada de Jekyll había corrido de uno a otro como en los viejos tiempos, cuando los tres eran inseparables. Pero el 12, y una vez más el 14, el notario pidió inútilmente ser recibido. El doctor se había encerrado en casa y no quería ver a nadie, dijo Poole. El 15, tras un nuevo intento y un nuevo rechazo, Utterson comenzó a preocuparse. Se había acostumbrado a ver a su amigo casi todos los días durante los últimos dos meses, y esa vuelta a la soledad le preocupaba y entristecía.

La noche después cenó con Guest, y la siguiente fue a casa del doctor Lanyon. Allí, al menos, fue recibido sin ninguna dificultad; pero se aterrorizó al ver cómo había cambiado Lanyon en pocos días: en la cara, escrita con letras muy claras, se leía su sentencia de muerte. Ese hombre de color rosáceo se había quedado térreo, enflaquecido, visiblemente más calvo, más viejo en años; y sin embargo no fueron tanto estas señales de decadencia física las que detuvieron la atención del notario sino una cualidad de su mirada, algunas particularidades del comportamiento, que parecían testimoniar un profundo terror. Era improbable, en un hombre como Lanyon, que ese terror fuese el terror de la muerte; sin embargo Utterson tuvo la tentación de sospecharlo. "Sí —pensó—, es médico, sabe que tiene los días contados, y esta certeza lo trastorna".

Pero cuando, cautamente, el notario aludió a su mala cara, Lanyon con valiente firmeza, declaró que sabía que estaba condenado.

—He sufrido un golpe tremendo —dijo—, y sé que no me recuperaré; es cuestión de semanas. Bien, ha sido una vida agradable. Sí, señor, agradable. Vivir me causaba placer. Pero a veces pienso que, si lo supiéramos todo, nos iríamos más contentos.

—También Jekyll está enfermo —dijo Utterson—. ¿Lo has visto?

Lanyon cambió la cara y levantó una mano temblorosa.

—No quiero ver —dijo con voz alta enfermiza— ni oír hablar jamás del doctor Jekyll. He terminado definitivamente con esa persona; y te ruego que me ahorres todo tipo de alusiones a un hombre que para mí es como si hubiera muerto.

—¡Bueno! —dijo Utterson. Y luego, tras una larga pausa—: ¿No puedo hacer nada? Somos tres viejos amigos, Lanyon. No viviremos bastante para hacer otros nuevos.

—Nadie puede hacer nada —respondió Lanyon—. Pregúntaselo a él.

—No quiere verme —dijo el notario.

—No me extraña —fue la respuesta—. Un día, Utterson, después de que yo haya muerto, sabrás quizás lo que ha pasado. Yo no puedo contártelo. Mientras tanto, si te sientes con fuerzas para hablar de otra cosa, quédate aquí y hablemos; de lo contrario, si no consigues no volver sobre ese maldito asunto, te ruego en nombre de Dios que te vayas, porque no podría soportarlo.

Apenas regresó a su casa, Utterson le escribió a Jekyll quejándose de que ya no le admitieran en su casa y preguntando la razón de la infeliz ruptura con Lanyon. Al día siguiente le llegó una larga respuesta de aire patético en algunos puntos y ambiguo en otros. El distanciamiento con Lanyon era definitivo. "No reprocho a nuestro viejo amigo —escribía Jekyll—, pero tampoco yo lo quiero ver nunca. De ahora en adelante, por otra parte, llevaré una vida muy retirada. Tú, por tanto, no te extrañes y no dudes de mi amistad si mi puerta permanece a menudo cerrada incluso para ti. Deja que me vaya por mi oscuro camino. He atraído sobre mí un castigo y un peligro que no puedo contarte. Si soy el peor de los pecadores pago también la peor de las penas. Nunca habría pensado que en esta tierra se pudieran dar sufrimientos tan inhumanos, terrores tan atroces. Y lo único que puedes hacer, Utterson, para aliviar mi destino, es respetar mi silencio".

El notario se quedó consternado. Cesado el oscuro influjo de Hyde, el médico había vuelto a sus antiguas ocupaciones y amistades; hace una semana le sonreía el futuro, sus perspectivas eran las de una madurez serena y honorable; y ahora había perdido sus amistades, se había destruido su paz y se había perturbado todo el equilibrio de su vida. Un cambio tan radical e imprevisto hacía pensar en la locura, pero, consideradas las palabras y la postura de Lanyon, debía haber otra razón más oscura.

Una semana más tarde, el doctor Lanyon cayó en cama y murió en menos de quince días. La noche del funeral, al que había asistido con profunda tristeza, Utterson se cerró con llave en su despacho, se sentó a la mesa y, a la luz de una melancólica vela, sacó y puso delante de sí un sobre lacrado. El sello era de su difunto amigo, lo mismo que el rótulo, que decía: "PERSONAL: en mano a G. J. Utterson EXCLUSIVAMENTE, y destruirse cerrado en caso de premorte suya".

Frente a una orden tan solemne, el notario renunció casi a seguir adelante.

"He enterrado hoy a un amigo –pensó–. ¿Quién sabe si esta carta no puede costarme otro?". Mas luego, leal a sus obligaciones y haciendo a un lado su temor, rompió el lacre y abrió el sobre. Dentro había otro, también lacrado y con el rótulo siguiente: "No abrir hasta la muerte o desaparición del doctor Henry Jekyll".

Utterson no creía lo que veían sus ojos. Sin embargo la palabra era "desaparición" una vez más, como en el loco testamento que desde hacía ya un tiempo había restituido a su autor. Una vez más, la idea de desaparición y el nombre de Henry Jekyll aparecían unidos. Pero en el testamento la idea había nacido de una siniestra sugerencia de Hyde, por un fin demasiado claro y horrible; mientras aquí, escrita de puño de Lanyon, ¿qué podía significar? El notario sintió tal curiosidad, que por un instante pensó saltarse la prohibición e ir inmediatamente al fondo de esos misterios. Pero el honor profesional y la lealtad hacia un amigo muerto eran obligaciones demasiado apremiantes; y el sobre permaneció durmiendo en el rincón más alejado de su caja fuerte privada.

Sin embargo, una cosa es mortificar la propia curiosidad y otra es vencerla; y se puede dudar de que Utterson, desde ese día en adelante, desease tanto la compañía de su amigo superviviente. Pensaba en él con afecto, pero sus pensamientos eran distraídos e inquietos. Aunque iba a visitarlo, sentía algo de alivio cuando no lo recibía; en el fondo, quizás, prefería charlar con Poole a la entrada, al aire libre y en medio del bullicio de la ciudad, en lugar de ser recibido en aquella casa de prisión voluntaria y sentarse a hablar con su inescrutable recluso.

Poole, por otra parte, no tenía noticias agradables para brindar. Por lo que parecía, el médico estaba cada vez con más frecuencia confinado en la habitación de encima del laboratorio, donde incluso a veces dormía; se hallaba siempre deprimido y taciturno, ni siquiera leía, parecía presa de un pensamiento que nunca lo abandonaba. Utterson se acostumbró tanto a estas noticias desalentadoras que poco a poco espació sus visitas

Capítulo VII
El suceso de la ventana

Un domingo Utterson, y su amigo Enfield daban su paseo habitual cuando volvieron a pasar por la misma calle. Al llegar ante aquella puerta, ambos se detuvieron a observarla.

–Bien –dijo Enfield–, por fortuna se acabó aquella historia. Ya no veremos nunca al señor Hyde.

–Esperemos –dijo Utterson–. ¿Le conté que lo vi una vez y que inmediatamente también yo sentí repugnancia?

–Imposible verlo sin sentir repugnancia –respondió Enfield–. Pero, ¡qué tonto habré parecido! ¡No saber que esa puerta es la de atrás de la casa de Jekyll! Luego lo he descubierto, y, en parte, por culpa suya, Utterson.

–¿Así que lo ha descubierto? –dijo Utterson–. Si es así, entonces venga, ¿por qué no entramos en el patio y echamos un vistazo a las ventanas? Realmente estoy preocupado por el pobre Jekyll y pienso que una presencia amiga le puede hacer bien, incluso desde fuera.

El patio estaba frío y húmedo, ya presa de un crepúsculo precoz, aunque el cielo, en lo alto, se hallaba aún iluminado por el ocaso. Una de las tres ventanas estaba medio abierta. Detrás, allí sentado con una expresión de infinita tristeza en la cara, como un prisionero que toma aire entre rejas, Utterson vio al doctor Jekyll.

–¡Eh! ¡Jekyll! –gritó–. ¡Espero que estés mejor!

—Estoy muy decaído, Utterson —respondió lúgubre el otro—, muy decaído. Pero no me durará mucho, gracias a Dios.

—Estás demasiado en casa —dijo el notario—. Deberías salir, caminar, activar la circulación como hacemos nosotros dos. Los presento: éste es mi primo, el señor Enfield, doctor Jekyll. ¡Vamos, póngase el sombrero y venga a dar una vuelta con nosotros!

—¡Eres muy amable! —suspiró el médico—. Me gustaría, pero no. Es imposible. No me atrevo. Pero, de verdad, Utterson, estoy muy contento de verte. Es realmente un gran placer. Y si los pudiera recibir aquí te pediría que subieras con el señor Enfield. Sucede que no es el lugar adecuado.

—Entonces nos quedaremos abajo y hablamos desde aquí —dijo cordialmente Utterson—. ¿No?

—Iba a proponerlo yo —dijo el médico con una sonrisa.

Pero, apenas había dicho estas palabras, desapareció la sonrisa de golpe y su rostro se contrajo en una mueca de un terror tan desesperado y abyecto que los dos en el patio sintieron helarse. Lo vieron sólo un momento, porque instantáneamente se cerró la ventana, pero bastó ese momento para morirse de miedo. Dieron media vuelta y dejaron el patio sin decir una palabra. Cruzaron la calle en silencio y sólo después de llegar a una más ancha, donde incluso los domingos había más movimiento, Utterson se volvió por fin y miró a su compañero. Ambos estaban pálidos y en sus ojos había el mismo susto.

—¡Dios nos perdone! ¡Dios nos perdone! —dijo Utterson.

Pero Enfield se limitó a asentir gravemente con la cabeza, y continuó caminando en silencio.

Capítulo VIII
La última noche

Una noche, después de la cena, Utterson estaba sentado junto al fuego cuando recibió la inesperada visita de Poole.

—¡Qué sorpresa, Poole! ¿Qué hace usted por aquí? —exclamó. Luego, mirándolo mejor, preguntó con aprensión—: ¿Qué sucede? ¿El doctor está enfermo?

—Señor Utterson —dijo el criado—, hay algo que no me gusta, que no me gusta nada.

—¡Siéntese y tranquilícese! Bueno, tome un vaso —dijo el notario—. Y ahora explíqueme con claridad qué sucede.

—Bien, señor —dijo Poole—, usted sabe cómo es el doctor y cómo estaba siempre encerrado allí, en la habitación de encima del laboratorio. Pues bien, la cosa no me gusta, señor, que yo me muera si me gusta. Tengo miedo, señor Utterson.

—¡Pero explíquese, buen hombre! ¿De qué tiene miedo?

—Tengo miedo desde hace unos días, quizás desde hace una semana — dijo Poole eludiendo otra vez la pregunta—, y ya no aguanto más.

El criado tenía un aire que confirmaba estas palabras; había perdido sus modales irreprochables, y salvo un instante, cuando había declarado por primera vez su terror, no había mirado nunca a la cara al notario. Ahora estaba allí con su vaso entre las rodillas, sin haber bebido un sorbo, y miraba fijo a un rincón del suelo.

—No aguanto más —repitió.

—¡Vamos, vamos! —dijo el notario—. Veo que tienes tus buenas razones, Poole, veo que, de verdad, debe ser algo serio. Intenta explicarme de qué se trata.

—Pienso que se trata…, pienso que se ha cometido un delito —dijo Poole con voz ronca.

—¡Un delito! —gritó el notario asustado, y por consiguiente propenso a la irritación—. ¿Pero qué delito? ¿Qué quieres decir?

—No me atrevo a decir nada, señor —fue la respuesta—. ¿Pero no querría usted venir conmigo y verlo con sus propios ojos?

Utterson, por respuesta, fue a recoger su sombrero y su gabán. Cuando se disponían a salir, le impresionó tanto el enorme alivio que se leía en la cara del mayordomo como, quizás aún más, el hecho de que el vaso hubiera quedado lleno.

Era una noche fría y ventosa de marzo, con una luna creciente que se apoyaba de espaldas, como volcada por el viento, entre una fuga de nubes diáfanas y deshilachadas. Las ráfagas que azotaban la cara dificultaban el habla y parecían haber barrido a la gente de las calles. Utterson no recordaba haber visto nunca tan desierta esa parte de Londres. Justamente ahora deseaba todo lo contrario. Nunca en su vida había tenido una necesidad tan profunda de sus semejantes, de que se hicieran visibles y tangibles a su alrededor, pues, por mucho que lo intentara, no lograba sustraerse a un aplastante sentimiento de desgracia. La plaza, cuando llegaron, estaba llena de aire y polvo, con los finos árboles del jardín central que gemían y se doblaban contra la verja. Poole, que durante todo el camino había ido uno o dos pasos delante, se paró en medio de la acera y se quitó el sombrero, a pesar del frío, para secarse la frente con un pañuelo rojo. Aunque hubiese caminado de prisa, aquel sudor era de angustia, no de cansancio. Tenía la cara blanca, y su voz, cuando habló, estaba rota y ronca.

—Bien, señor, ya estamos —dijo—. ¡Dios quiera que no haya pasado nada!

—Amén, Poole —dijo Utterson.

Luego el mayordomo llamó cautamente y la puerta se entreabrió, pero sujeta con la cadena.

—¿Eres tú, Poole? —preguntó una voz desde dentro.

—Abran, soy yo —dijo Poole.

Cuando ingresaron, el atrio estaba brillantemente iluminado, el fuego de la chimenea ardía con altas llamaradas y todo el servicio, hombres y mujeres, estaba reunido allí como un rebaño de ovejas. Al ver a Utterson, la camarera rompió en lamentos histéricos y la cocinera comenzó a gritar "¡Bendito sea Dios! ¡Es el señor Utterson!", y luego se abalanzó sobre él como si fuera a abrazarlo.

—¿De qué se trata todo esto? ¡Están todos aquí! —dijo el notario con severidad—. ¡Muy mal! ¡Muy poco conveniente! ¡A vuestro amo no le gustaría nada!

–Todos tienen miedo –dijo Poole.

Nadie rompió el silencio para protestar. El llanto de lamentos de la camarera de repente se hizo más fuerte.

–¡Cállate un momento! –le gritó Poole con un acento agresivo, que traicionaba la tensión de sus nervios.

Mientras tanto, cuando la muchacha había levantado el tono de sus lamentos, todos habían mirado con sobresalto a la puerta del fondo con una especie de expectativa contenida.

–Y ahora –continuó el mayordomo dirigiéndose al mozo de cocina–, dame una vela y veremos si logramos poner en orden esta situación.

Luego rogó a Utterson que lo siguiera y le abrió camino atravesando el jardín por atrás.

–Ahora, señor –dijo mientras llegaban al laboratorio–, venga detrás lo más despacio que pueda. Quiero que oiga sin ser oído. Y otra cosa, señor: si por casualidad él le pidiese entrar allí, no lo haga.

El notario, ante esta conclusión insospechada, tropezó tan violentamente que casi pierde el equilibrio; pero se recuperó y siguió al criado en silencio, por la sala anatómica y luego hasta la corta rampa que llevaba arriba. Aquí Poole le hizo señas de ponerse a un lado y escuchar, mientras él, habiendo posado la vela y recurriendo de forma visible a todo su valor, subió las escaleras y llamó, con mano algo insegura, a la puerta forrada con paño rojo.

–Señor, el señor Utterson solicita verlo– dijo. E hizo de nuevo enérgicamente señas al notario que escuchara.

Una voz, desde el interior, respondió lastimosamente:

–Dígale que no puedo ver a nadie.

–Gracias, señor –dijo Poole con un tono que era casi de triunfo. Y tomando la vela recondujo al notario por el patio y por la enorme cocina, en la que estaba apagado el fuego y las cucarachas correteaban por el suelo–. Bien –dijo luego mirando al notario a los ojos–: ¿era ésa la voz de mi amo?

–Parecía muy cambiada –replicó Utterson con la cara pálida, pero devolviendo la mirada con fuerza.

–¿Cambiada, señor? ¡Más que cambiada! ¡No me habré pasado veinte años en casa de este hombre para no reconocer su voz! No, la verdad es que mi amo ya no está, lo han matado hace ocho días, cuando le hemos oído por última vez que gritaba e invocaba el nombre de Dios. ¡Y no sé quién está ahí dentro en su lugar, y por qué se queda ahí, pero es algo que grita venganza al cielo, señor Utterson!

–Óigame, Poole –dijo Utterson mordiéndose el índice–, esta historia suya es realmente muy extraña, diría de locura. Porque suponiendo…, es decir, suponiendo, como usted supone, que el doctor Jekyll haya sido…, sí, que haya sido asesinado, ¿qué razón podría tener el asesino para quedarse aquí? No, es absurdo, es algo que no tiene ni pies ni cabeza.

–Bueno, señor Utterson, no se puede decir que usted sea fácil de convencer, pero lo conseguiré –dijo Poole–. Debe saber que, durante toda la última semana, el hombre… o lo que sea… que vive en esa habitación, ha estado importunando día y noche para obtener una medicina que no conseguimos encontrarle. Sí, también él…, mi amo, quiero decir… también él algunas veces escribía sus órdenes en un trozo de papel, que tiraba después en la escalera. Pero de una semana para acá no tenemos nada más que esto: trozos de papel, y una puerta cerrada que se abría sólo a escondidas, cuando no había nadie que viese quién recogía la comida que dejábamos allí delante. Pues bien, señor, todos los días, incluso dos o tres veces al día, había nuevas órdenes y quejas que me mandaban a dar vueltas por todas las farmacias de la ciudad. Cada vez que volvía con esos encargos, otro papel me decía que no servía, que no era puro, por lo que, de nuevo, debía ir a buscarlo a otra farmacia. Debe tener una necesidad verdaderamente extraordinaria para lo que le sirva.

–¿Tiene un trozo de papel de ésos? –preguntó Utterson.

Poole metió la mano en el bolsillo y sacó un papel arrugado, que el notario, agachándose sobre la vela, examinó con atención. Se trataba de una carta dirigida a una casa farmacéutica, así concebida: "El doctor Jekyll saluda atentamente a los Sres. Maw y comunica que la última muestra que le ha sido enviada no responde para lo que se necesita, ya que es impura. El año 18... el Dr. J. adquirió de los Sres. M. una notable cantidad de la sustancia en cuestión. Se ruega, por tanto, que miren con el mayor escrúpulo si tienen aún de la misma calidad, y la envíen inmediatamente. El precio no tiene importancia tratándose de algo absolutamente vital para el Dr. J.".

Hasta aquí el tono de la carta era bastante controlado; pero luego, con un repentino golpe de pluma, el ansia del que escribía había tomado la delantera con este añadido: "¡Por amor de Dios, consíganme de la misma!".

—Es una carta extraña —dijo Utterson—, pero —añadió luego bruscamente—, ¿cómo es que la has abierto?

—La ha abierto el dependiente de Maw, señor —dijo Poole—. Y se ha enfadado tanto que me la ha tirado como si fuera papel usado.

—La caligrafía es del doctor Jekyll, se ha fijado? —retomó Utterson.

—Pienso que se parece —contestó el criado con alguna duda. Y cambiando la voz añadió— : ¿Pero qué importa la caligrafía? ¡Yo lo he visto!

—¿Lo ha visto? —repitió el notario—. ¿Y entonces?

—Pues, entonces —dijo Poole—. Entonces sucedió así: entré en la sala anatómica por el jardín, y él, por lo que parece, había bajado a buscar esa medicina o lo que sea, ya que la puerta de arriba estaba abierta; y efectivamente se encontraba allí en el rincón buscando en unas cajas. Levantó la cabeza cuando entré, y con una especie de grito echó a correr y en un instante desapareció de la habitación. ¡Ah, lo vi sólo un momento, señor, pero se me erizaron los pelos de la cabeza! ¿Por qué, si ése era mi amo, por qué llevaba una máscara en la cara? Si era mi amo, ¿por qué gritó como una rata y huyó de ese modo al verme? Tantos años a su servicio y ahora...

El mayordomo se interrumpió con aire tenebroso, pasándose una mano por la cara.

—En realidad son circunstancias muy extrañas —dijo Utterson—. Pero diría que por fin empiezo a ver un poco de claridad. Su amo, Poole, evidentemente ha contraído una de esas enfermedades que no sólo torturan al paciente, sino que lo desfiguran. Esto, por cuanto sé, puede explicar perfectamente la alteración de la voz; y explica también la máscara, explica el hecho de que no quiera ver a nadie, explica su ansia de encontrar esa medicina con la que espera aún poder curarse. ¡Y Dios quiera que así sea, pobrecito! Esta es mi explicación, Poole. Es una explicación muy triste, ciertamente, muy dolorosa de aceptar, pero es también simple, clara, natural, y nos libra de peores temores.

—Señor —dijo el otro tapándose de una especie de palidez a capas—, esa cosa no era mi amo, y ésta es la verdadera verdad. Mi amo —aquí el mayordomo miró alrededor y bajó la voz casi hasta un susurro— es alto y fuerte, y eso era casi un enano... ¡Ah! —exclamó interrumpiendo al notario, que intentaba protestar—, ¿usted cree que no habría reconocido a mi amo después de veinte años? ¡Piensa que no sé donde llega con la cabeza, pasando por una puerta, después de haberlo visto todas las mañanas de mi vida? No, señor, esa cosa enmascarada no ha sido nunca el doctor Jekyll. ¡Dios sabe lo que es, pero no ha sido nunca el doctor Jekyll! Para mí, se lo repito, lo único seguro es que aquí ha habido un delito.

—Y bien —dijo Utterson—. Y si así lo cree, mi obligación es ir al fondo de las cosas. En cuanto entiendo respetar la voluntad de su amo, en cuanto su carta parece probar que está todavía vivo, es mi obligación echar abajo esa puerta.

—¡Así se habla! —gritó el mayordomo.

—Pero veamos, ¿quién la va a echar abajo?

—Pues bien, usted y yo, señor —fue la firme respuesta.

—Muy bien dicho —replicó el notario—. Y suceda lo que suceda, Poole, no tendrá nada de qué arrepentirte.

—En la sala anatómica hay un hacha —continuó el mayordomo—. Usted podría usar el atizador.

El notario agarró con la mano ese rústico y fuerte instrumento y lo sopesó.

–¿Sabe, Poole –dijo levantando la cabeza–, que nos enfrentamos a un cierto peligro?

–Sí, señor, lo sé.

–Entonces hablemos con franqueza. Los dos pensamos más de lo que hemos dicho. ¿Ha reconocido a esa figura enmascarada que vio?

–Ha desaparecido tan de prisa, señor, y corría tan encorvada, que no podría realmente jurarlo... Pero, si me pregunta si creo que pueda ser el señor Hyde, entonces tengo que decirle que sí. Tenía el mismo cuerpo y la misma agilidad para moverse. ¿Y después de todo quién, si no él, habría podido entrar por la puerta del laboratorio? No hay que olvidar que cuando asesinó a Sir Danvers aún tenía la llave. Pero no es eso todo. ¿No sé si usted, señor Utterson, se ha encontrado con el señor Hyde?

–Sí –dijo el notario–. Hablé con él una vez.

–Entonces se habrá dado cuenta, como todos nosotros, de que tenía algo de horriblemente..., no sé cómo decirlo, algo que helaba la sangre.

–Sí, debo decir que yo también he tenido una sensación similar.

–Pues bien, señor, cuando esa cosa enmascarada, que estaba allí rebuscando entre las cajas se marchó como un mono y desapareció en la habitación de arriba, yo sentí que me corría por la espalda un escalofrío de hielo. ¡Ah, ya sé que no es una prueba, señor Utterson, pero un hombre sabe lo que siente, y yo juraría sobre la Biblia que ése era él señor Hyde!

–Temo que tenga razón –dijo Utterson–. Ese maldito vínculo, nacido del mal, no podía llevar más que a otro mal. Así que, por desgracia, le creo. También yo pienso que el pobre Harry ha sido asesinado y que el asesino está todavía en esa habitación, Dios sabe por qué. Pues bien, que nuestro nombre sea venganza. Llama a Bradshaw.

El camarero llegó nervioso y palidísimo.

–¡Tranquilízate, Bradshaw! –dijo el notario–. Esta espera los ha sometido a todos a una dura prueba, lo entiendo, pero ya hemos decidido terminar. Poole y yo iremos al laboratorio y forzaremos esa puerta. Si nos equivocamos, tengo anchas espaldas para responder de todo. Pero mientras tanto, si por caso en realidad se ha cometido un crimen y el criminal intenta huir por la puerta de atrás, tú y el muchacho de cocina deben ir allí y colcarse de guardia con dos buenos garrotes. Les daremos diez minutos para alcanzar sus puestos –concluyó mirando el reloj–. Nosotros iremos a los nuestros –dijo luego a Poole, retomando el atizador y saliendo el primero al patio.

Nubes más densas tapaban la luna, la noche se había oscurecido, y el viento, que en la profundidad del patio llegaba sólo a ráfagas, hacía oscilar la llama de la vela. Cuando por fin llegaron al laboratorio, los dos se sentaron a esperar. El sordo murmullo de Londres se hacía oír a su alrededor, pero en el laboratorio todo era silencio, a excepción de un rumor de pasos en la habitación de arriba.

–Así pasea todo el día, señor –murmuró Poole–, y también durante casi toda la noche. Sólo cuando le traía una muestra de ésas tenía un poco de reposo. ¡Ah, no hay peor enemigo del sueño que la mala conciencia! ¡Hay sangre derramada en cada uno de esos pasos! Pero escuche bien, escuche mejor, señor Utterson, y dígame: ¿Son los pasos del doctor?

Los pasos, aunque lentos, eran extrañamente elásticos y ligeros, bien distintos de esos seguros y pesados de Henry Jekyll.

–¿Y no ha oído nada más? –preguntó el notario.

Poole admitió.

–Una vez –susurró–, una vez lo oí llorar.

–¿Llorar? –dijo Utterson sintiendo que el terror lo llenaba otra vez– ¿Cómo?

–Llorar como una mujer, como un alma en pena– dijo el mayordomo–, tanto que, cuando me fui, casi lloraba también yo, por el peso que tenía en el corazón.

Ya casi habían pasado los diez minutos. Poole agarró el hacha de un montón de paja de embalaje y puso la vela de forma que alumbrase la puerta. Ambos, sobre la escalera, se acercaron conteniendo la respiración, mientras los pasos seguían de arriba abajo, de abajo arriba, en el silencio de la noche.

—¡Jekyll, pido verte! —gritó fuerte Utterson. Y después de haber esperado una respuesta que no llegó, continuó—: Te advierto que ya sospechamos lo peor, por lo que tengo que verte, y te veré o por las buenas o por las malas. ¡Abre!

—¡Utterson, por el amor de Dios, ten piedad! —dijo la voz.

—¡Ah, éste no es Jekyll —gritó el notario—, ésta es la voz de Hyde! ¡Abajo la puerta, Poole!

Poole levantó el hacha y lanzó un golpe que retumbó en toda la casa, casi arrancando la puerta de los goznes y de la cerradura. De dentro vino un grito horrible, de puro terror animal. De nuevo cayó el hacha, y de nuevo la puerta pareció saltar del marco. Pero la madera era gruesa, los herrajes muy sólidos, y sólo al quinto golpe la puerta arrancada cayó hacia dentro sobre la alfombra.

Los sitiadores se retrajeron un poco, impresionados por su propia bulla y por el silencio total que siguió, antes de mirar dentro. La habitación estaba alumbrada por la luz tranquila de la vela, y un buen fuego ardía en la chimenea, donde la tetera silbaba su débil motivo. Un par de cajones estaban abiertos, pero los papeles estaban en orden en el escritorio, y en el rincón junto al fuego estaba preparada una mesita para el té. Se podría hablar de la habitación más tranquila de Londres, e incluso de la más normal, excepto por los armarios de cristales con sus aparatos de química.

Pero allí, en medio del suelo, yacía el cuerpo dolorosamente contraído y aún palpitante de un hombre. Los dos se acercaron de puntillas y, cautamente, lo dieron vuelta sobre la espalda: era Hyde. El hombre vestía un traje demasiado grande para él, un traje de la talla de Jekyll, y los músculos de la cara todavía le temblaban como por una apariencia de vida. Pero la vida ya se había ido, y por la ampolla rota en la mano contraída, por el olor a almendras amargas en el aire, Utterson supo que estaba mirando el cadáver de un suicida.

—Hemos llegado demasiado tarde —dijo bruscamente— tanto para salvar como para castigar. Hyde se ha ido a rendir cuentas, Poole, y a nosotros no nos queda más que encontrar el cuerpo de tu amo.

El edificio comprendía fundamentalmente la sala anatómica, que ocupaba casi toda la planta baja y recibía luz por una cristalera en el techo, mientras la habitación de arriba formaba un primer piso por la parte del patio. Entre la sala anatómica y la puerta de la calle había un corto pasillo, que comunicaba con la habitación de arriba mediante una segunda rampa de escaleras. Luego había varios trasteros y un amplio sótano. Todo esto, ahora, se registró a fondo. Para los trasteros bastó un vistazo, porque estaban vacíos y, a juzgar por el polvo, nadie los había abierto desde hacía tiempo. El sótano, por su parte, estaba lleno de trastos, ciertamente de tiempos del cirujano que lo había habitado antes que Jekyll; y, de todas formas, se comprendió en seguida que buscar allí era inútil por el tapiz de telarañas que bloqueaba la escalera. Pero no se encontraron en ningún sitio rastros de Jekyll ni vivo ni muerto.

Poole pegó con el pie en las losas del pasillo.

—Debe estar sepultado aquí —dijo escuchando a ver si el suelo resonaba a vacío—. ¿Puede haber huido por allí? —dijo Utterson indicando la puerta de la calle.

Se acercaron a examinarla y la encontraron cerrada con llave. La llave no estaba, pero luego la vieron en el suelo allí cerca, ya oxidada. Poole la recogió.

—Tiene la apariencia de no haber sido usada en mucho tiempo —dijo el notario.

—¿Usada? —dijo Poole—. Si está rota, señor, ¿no lo ve? ¡Como si la hubieran pisoteado!

—También la rotura está oxidada —observó el otro.

Los dos se quedaron mirándose asustados.

—Esto supera toda comprensión. Volvamos arriba, Poole —dijo por fin Utterson.

Subieron en silencio y, con una mirada amedrentada al cadáver, procedieron a un examen más minucioso de la habitación. En un banco encontraron los restos de un experimento químico, con montoncitos de sal blanca ya dosificados en distintos tubos y que se habían quedado allí, como si el experimento hubiese sido interrumpido.

—Es la misma sustancia que le he traído siempre —dijo Poole.

En ese momento, con rumor que les hizo estremecer, el agua hirviendo rebosó la tetera, atrayéndoles junto al fuego. Aquí estaba todo preparado para el té en la mesita cerca del sillón; estaba hasta el azúcar en la taza. En la misma mesa había un libro abierto, tomado de una estantería cercana, y Utterson lo hojeó desconcertado: era un libro de devoción que Jekyll le había comentado que le gustaba, y que llevaba en sus márgenes increíbles blasfemias de su puño y letra.

Continuando su inspección, los dos llegaron ante el alto espejo inclinable, y se pararon a mirar con instintivo horror en sus profundidades. Pero el espejo, en su ángulo, reflejaba sólo el rojizo juego de resplandores del techo, el centelleo del fuego cien veces repetido en los cristales de los armarios, y sus mismos rostros pálidos y asustados, agachados a mirar.

—Este espejo debe haber visto cosas extrañas, señor —susurró Poole con voz atemorizada.

—Pero ninguna más extraña que él mismo —dijo el notario en el mismo tono—. Pues Jekyll, ¿para qué…?

Se interrumpió, como asustado de su misma pregunta.

—Pues Jekyll —añadió —, ¿para qué lo quería aquí?

—Es lo que quisiera saber también yo, señor —dijo Poole.

Pasaron a examinar el escritorio. Aquí, entre los papeles bien ordenados, había un sobre grande con este rótulo de puño y letra del médico: "Para el Sr. Utterson". El notario lo abrió y sacó una hoja, mientras otra hoja y un sobre lacrado se caían al suelo.

La hoja era un testamento, y estaba redactado en los mismos términos excéntricos del que Utterson le había devuelto seis meses antes, o sea, debía servir de testamento en caso de muerte, y como acto de donación en caso de desaparición. Pero, en lugar de Edward Hyde, como nombre del beneficiario, el notario tuvo la sorpresa de leer: Gabriel John Utterson.

Miró asustado a Poole, luego de nuevo la hoja y por fin al cadáver en el suelo.

—No entiendo —dijo—. ¡Ha estado aquí todo este tiempo, libre de hacer lo que quisiera, y no ha destruido este documento! Y sin embargo debe haber tragado rabia, porque yo no le caía bien.

Recogió la otra hoja, una nota escrita también de puño y letra de Jekyll.

—¡Ah, Poole, estaba vivo y hoy estaba aquí! —gritó leyendo la fecha—. ¡No han podido matarlo y haberlo hecho desaparecer en tan poco tiempo, debe estar vivo, debe haber huido! ¿Huir por qué? ¿Y cómo? ¿Y no podría darse el caso de que en realidad no haya sido un suicidio? ¡Ah, tenemos que estar muy atentos! ¡Podríamos encontrar a tu amo metido en un lío terrible!

—¿Por qué no lee la nota, señor?

—Porque tengo miedo —dijo pensativo Utterson—. Dios quiera que no haya razón para temer.

Y puso los ojos en el papel, que decía:

Querido Utterson:

Cuando leas estas líneas yo habré desaparecido. No sé prever con precisión, cuándo, pero mi instinto, las mismas circunstancias de la indescriptible situación en la que me encuentro, me dicen que el final es seguro y que no podrá tardar. Tú, en primer lugar, lee la carta que Lanyon me dijo que te había escrito. Y si luego tienes todavía ganas de saber más, lee la confesión de tu indigno y desgraciado amigo

HENRY JEKYLL

–¿No había alguna cosa más? –preguntó Utterson cuando lo leyó.

–Esto, señor –dijo Poole, entregando un sobre lacrado en varios puntos.

El notario metió en el bolso el sobre y dobló la nota,

–No diré nada de esta nota –dijo–. Si tu amo ha escapado y está muerto, podremos al menos salvar su reputación. Ahora son las diez. Voy a casa a leer estos documentos con calma, pero volveré antes de medianoche. Y entonces pensaremos si conviene llamar a la policía.

Salieron y cerraron tras sí la puerta del laboratorio. Luego Utterson, dejando de nuevo todo el servicio reunido en el atrio, volvió a pie a su casa, para leer los documentos que habrían aclarado el misterio.

Capítulo IX
El relato del doctor Lanyon

Cuatro días atrás, el nueve de enero, recibí con la correspondencia de la tarde una carta certificada enviada por mi colega y antiguo compañero de estudios Henry Jekyll. Fue algo que me sorprendió bastante, ya que no teníamos la costumbre de escribirnos cartas. Por otra parte había visto a Jekyll la noche anterior, más aún, había estado cenando en su casa, y no veía qué motivo pudiese justificar entre nosotros la formalidad de un certificado. He aquí lo que decía:

9 de enero de 18…

Querido Lanyon:

Eres uno de mis más viejos amigos y no recuerdo que nuestro afecto haya sufrido quiebra alguna, al menos por mi parte, aunque hayamos tenido divergencias en cuestiones científicas. No ha habido un día en el que si tú me hubieras dicho:

"Jekyll, mi vida y mi honor, hasta mi razón dependen de ti", *yo no hubiese dado mi mano derecha para ayudarte. Hoy, Lanyon, mi vida, mi honor y mi razón están en tus manos; si esta noche no me ayudas tú, estoy perdido. Después de este preámbulo, sospecharás que quiero pedirte algo comprometedor. Juzga por ti mismo.*

Lo que te pido en primer lugar es que aplaces cualquier compromiso de esta noche, aunque te llamasen a la cabecera de un rey. Te pido luego que solicites un coche de caballos, a no ser que tengas el tuyo en la puerta, y que te desplaces sin tardar hasta mi casa. Poole, mi mayordomo, tiene ya instrucciones: lo encontrarás esperándote con un herrero, que se encargará de forzar la cerradura de mi despacho encima del laboratorio.

Tú entonces tendrás que entrar solo, abrir el primer armario con cristalera a la izquierda (letra E) y sacar, con todo el contenido como está, el cuarto cajón de arriba, o sea (que es lo mismo) el tercer cajón de abajo. En mi extrema agitación, tengo el terror de darte indicaciones equivocadas; pero aunque me equivocase, reconocerás sin duda el cajón por el contenido: unos polvos, una ampolla, un cuaderno. Te ruego que tomes este cajón y, siempre exactamente como está, lo lleves a tu casa de Cavendish Square. Esta es la primera parte del encargo que te pido. Ahora viene la segunda. Si vas a mi casa nada más recibir esta carta, estarías de vuelta en tu casa mucho antes de medianoche. Pero te dejo este margen, tanto por el temor de un imprevisible contratiempo, como porque, en lo que queda por hacer, es preferible que el servicio ya se haya ido a la cama. A medianoche, por lo tanto, te pido que hagas entrar tú mismo y recibas en tu despacho a una persona que se presentará en mi nombre, y a la que entregarás el cajón del que te he hablado. Con esto habrá terminado tu parte y tendrás toda mi gratitud. Pero cinco minutos más tarde, si insistes en una explicación, entenderás también la vital importancia de cada una de mis instrucciones: simplemente olvidándose de una, por increíble que pueda parecer, habrías tenido sobre la conciencia mi muerte o la destrucción de mi razón. A pesar de que sé que harás escrupulosamente lo que te pido, el corazón me falla y me tiembla la mano simplemente con pensar que no sea así. Piensa en mí, Lanyon, que en esta hora terrible espero en un lugar extraño, presa de una desesperación que no se podría imaginar más negra. Sin embargo estoy seguro de que se hará precisamente como te he dicho, y que todo se resolverá como al final de una pesadilla.

¡Ayúdame, querido Lanyon, y salva a tu H.J.!

PD: Iba a enviarlo, cuando me ha venido una nueva duda. Puede que el correo me traicione y la carta no te llegue antes de mañana. En este caso, querido Lanyon, ocúpate del cajón cuando te venga mejor en el trascurso del día, y de nuevo espera a mi enviado a medianoche, aunque podría ser demasiado tarde. En ese caso ya no vendrá nadie, y sabrás que nadie volverá a ver a Henry Jekyll.

No dudé, cuando acabé de leer, que mi colega estuviera loco, pero mientras tanto me sentí obligado a hacer lo que me pedía. Cuanto menos entendía ese confuso mensaje, menos capacidad tenía de juzgar la importancia; pero un pedido en esos términos no podía ser ignorada sin grave responsabilidad. Me di prisa en llamar a un coche y fui inmediatamente a casa de Jekyll.

El mayordomo me estaba esperando. También él había recibido instrucciones por carta certificada aquella misma tarde, y ya había mandado llamar a un herrero y a un carpintero. Los dos artesanos llegaron mientras estábamos aún hablando, y todos juntos pasamos a la sala anatómica del doctor Denman, desde la cual (como ya sabrás) se accede por una escalera al cuarto de trabajo de Jekyll. La puerta era muy sólida con un excepcional herraje, y el carpintero advirtió que si hubiera tenido que romperla habría encontrado dificultades. El herrero se desesperó con esa cerradura durante casi dos horas, pero conocía su oficio, y al final consiguió abrirla. Respecto al armario marcado E, no estaba cerrado con llave. Cogí por tanto el cajón, lo envolví en un papel de embalar después de llenarlo con paja, y me volví con él a Cavendish Square.

Aquí procedí a examinar mejor el contenido. Los polvos estaban en papeles muy bien envueltos, pero debía haberlos preparado Jekyll, ya que les faltaba esa precisión del farmacéutico. Al abrir uno, encontré lo que me pareció simple sal cristalizada, de color blanco. La ampolla estaba a medio llenar de una tintura rojo sangre, de un olor muy penetrante, que debía contener fósforo y algún éter volátil, entre otras sustancias que no pude identificar. El cuaderno era un cuaderno vulgar de apuntes y contenía principalmente fechas. Estas, por lo que noté, cubrían un período de muchos años, pero se interrumpían bruscamente casi un año antes; algunas iban acompañadas de una corta anotación, o más a menudo de una sola palabra, "doble", que aparecía seis veces entre varios cientos, mientras junto a una de las primeras fechas se leía "Fracaso total" con varios signos de exclamación.

Todo esto excitaba mi curiosidad, pero no me aclaraba nada. Una ampolla, unas sales y un cuaderno de apuntes sobre una serie de experimentos que Jekyll (a juzgar por otras investigaciones suyas) habría hecho sin ningún fin práctico. ¿Cómo era posible que el honor de mi extravagante colega, su razón, su misma vida dependiesen de la presencia de esos objetos en mi casa? Si el enviado podía ir a tomarlos en un lugar, ¿por qué no a otro? E incluso, si por cualquier motivo no podía, ¿por qué tenía que recibirlo en secreto? Cuanto más reflexionaba más me convencía de que estaba frente a un desequilibrado. De modo que, aunque mandé a la cama al servicio, cargué un viejo revólver por si tenía necesidad de defenderme.

Apenas habían dado las doce campanadas de medianoche en Londres, oí que llamaban muy suavemente a la puerta de entrada. Fui a abrir yo mismo y me encontré a un hombre bajo, de cuerpo diminuto, medio agazapado contra una de las columnas.

–¿Viene de parte del doctor Jekyll? –pregunté.

Lo admitió con un gesto empachado, y mientras le decía que pasara, miró furtivamente para atrás. Algo lejos, en la oscuridad de la plaza, había un guardia que venía con una linterna, y me pareció que mi visitante se sobresaltó al verlo, apresurándose a entrar.

Tengo que decir que todo esto me causó una pésima impresión, por lo que le abrí camino teniendo una mano en el revólver. Luego, en el despacho bien iluminado, pude por fin mirarlo bien. Estaba seguro de que no lo había visto antes nunca. Era pequeño, como he dicho, y particularmente me impresionó la extraña asociación en él de una gran vivacidad muscular con una evidente deficiencia de constitución.

Me impresionaron también su expresión malvada y, quizás aún más, el extraordinario sentido de escalofrío que me daba su simple presencia.

Esta sensación particular, semejante de algún modo a un principio de rigidez histérica y acompañada por una notable reducción del pulso, la atribuí entonces a una especie de idiosincrasia mía, de mi aversión personal, y me extrañé sólo de la agudeza de los síntomas; pero ahora pienso que la causa hay que buscarla mucho más profundamente en la naturaleza del hombre, y en algo más noble que en el simple principio del odio.

Esa persona (que, desde el principio, me había henchido, si así se puede decir, de una curiosidad llena de disgusto) estaba vestida de un modo que habría hecho reír, si se hubiera tratado de una persona normal. Su traje, aunque de buena tela y elegante hechura, era desmesuradamente grande para él; los anchísimos pantalones estaban muy arrebujados, pues de lo contrario los iría arrastrando; y la cintura de la chaqueta le llegaba por debajo de las caderas, mientras que el cuello se le caía por la espalda.

Pero, curiosamente, este vestir grotesco no me causó risa. La anormalidad y deformidad esencial del individuo que tenía delante, y que suscitaba la extraordinaria repugnancia que he dicho, parecía convenir con esa otra extrañeza, y resultaba reforzada. Por lo que añadí a mi interés por el personaje en sí una viva curiosidad por su origen, su vida, su fortuna y su condición social.

Estas observaciones, tan largas de contar, las hice en pocos segundos. Mi visitante ardía con una ansiedad amenazadora.

—¿Lo tiene? ¿Lo tiene aquí? —gritó, y en su impaciencia hasta me echó una mano al brazo.

Lo rechacé con un sobresalto. El contacto de esa mano me había hecho estremecer.

—Venga, señor —dije—, olvida que todavía no he tenido el gusto de conocerlo. Le solicito que tome asiento.

Le di ejemplo sentándome yo y buscando asumir mi comportamiento habitual, como con un paciente cualquiera, en la medida en que me lo consentía la hora insólita, la naturaleza de mis preocupaciones y la repugnancia que me inspiraba el visitante.

—Tiene razón y le pido que me disculpe, doctor Lanyon —dijo bastante cortésmente—. La impaciencia me ha tomado la mano. Pero estoy aquí a instancias de su colega el doctor Jekyll, por un asunto muy urgente. Por lo que tengo entendido…

Se interrumpió llevándose una mano a la garganta y me di cuenta de que estaba a punto de un ataque de histeria, aunque luchase por mantener la compostura.

—Por lo que tengo entendido —reanudó con dificultad—, se trata de un cajón que…

Pero aquí tuve piedad de su angustia y quizás un poco también de mi creciente curiosidad.

—Ahí está, señor —dije señalando el cajón que estaba en el suelo detrás de una mesa, aún con su embalaje.

Se apoderó de él de un salto y luego se paró con una mano en el corazón; podía oír el rechinar de sus dientes, por la contracción violenta de sus mandíbulas, y la cara era tan espectral que temía tanto por su vida como por su razón.

—Intente calmarse —dije.

Me dirigió una sonrisa horrible, y con la fuerza de la desesperación deshizo el embalaje.

Cuando luego vio que todo estaba allí, su grito de alivio fue tan fuerte que me dejó de piedra. Pero en un instante se calmó y recobró el control de la voz.

–¿Tiene un vaso graduado? –preguntó.

Me levanté con cierto esfuerzo y fui a buscar lo que pedía.

Me lo agradeció con una inclinación, y midió una dosis de la tintura roja, a la que añadió una de las papelinas de polvos. La mezcla, al principio rojiza, según se iban disolviendo los cristales se hizo de un color más vivo, entrando en audible efervescencia y emitiendo vapores. Luego, de repente, y a la vez, cesó la ebullición y se hizo de un intenso rojo púrpura, que a su vez lentamente desapareció dejando su lugar a un verde acuoso. Mi visitante, que había seguido atentamente estas metamorfosis, sonrió de nuevo y puso el vaso en la mesa escrutándome con aire interrogativo.

–Y ahora –dijo–, veamos lo demás. ¿Quiere ser prudente y seguir mi consejo? Entonces deje que yo coja este vaso y me vaya sin más de su casa. ¿O su curiosidad es tan grande que la quiere saciar a cualquier costo? Piénselo antes de contestar, porque se hará como usted lo desee. En el primer caso se quedará como se encuentra ahora, ni más rico ni más sabio que antes, a no ser que el servicio prestado a un hombre en peligro de muerte pueda contarse como una especie de riqueza del alma. En el otro caso, nuevos horizontes del saber y nuevas perspectivas de fama y poder se abrirán de repente aquí ante usted, porque asistirá a un prodigio que sacudiría la incredulidad del mismo Satanás.

–Señor –respondí manifestando una frialdad que estaba lejos de poseer–, dado que habla con enigmas, no le extrañará que lo haya escuchado sin convencimiento. Pero he ido demasiado lejos en este camino de encargos inexplicables como para detenerme antes de ver dónde llevan.

–Como quiera –dijo mi visitante. Y añadió–: Pero recuerda tu juramento, Lanyon: ¡lo que vas a ver está bajo el secreto de nuestra profesión! Y ahora tú, que durante mucho tiempo has estado parado en los puntos de vista más restringidos y materiales, tú, que has negado las virtudes de la medicina transcendental, tú, que te has reído de quien te era superior, ¡mira!

Se llevó el vaso a los labios y se lo bebió de un trago. Luego gritó, vaciló, se agarró a la mesa para no caerse, y agarrado así se quedó mirándome jadeante, con la boca abierta y los ojos inyectados de sangre. Pero de alguna forma ya había cambiado, me pareció, y de repente pareció hincharse, su cara se puso negra, sus rasgos se alteraron como si se fundieran... Un instante después me levanté de un salto y retrocedí contra la pared con el brazo doblado como si quisiera defenderme de esa visión increíble.

–¡Dios!... –grité. Y aún perturbado por el terror–: ¡Dios!... ¡Dios!... Porque allí, delante de mí, pálido y vacilante, sacudido por un violento temblor, dando manotazos como si saliera del sepulcro, estaba Henry Jekyll.

Lo que me dijo en la hora que siguió no puedo decidirme a escribirlo.

He visto lo que he visto, he oído lo que he oído, y tengo el alma deshecha. Sin embargo, ahora que se ha alejado esa visión, me pregunto si en realidad me lo creo y no sé qué responderme. Mi vida ha sido sacudida desde las raíces; el sueño me ha abandonado, y el más mortal de los terrores me oprime en cada hora del día y de la noche; siento que tengo los días contados, pero que moriré incrédulo. Respecto a las obscenidades morales que ese hombre me reveló, no sabría recordarlas sin horrorizarme de nuevo. Te diré sólo una cosa, Utterson, y si puedes creerlo será suficiente: ese ser que se escurrió en mi casa aquella noche, ése, por admisión del mismo Jekyll, era el ser llamado Hyde y buscado en todos los rincones del país por el asesinato de Carew.

Capítulo X
La confesión de Henry Jekyll

Nací en 18..., soy heredero de una gran fortuna y estoy dotado de excelentes cualidades. Me inclino por naturaleza a la laboriosidad; soy ambicioso, sobre todo por conseguir la estima de los mejores, de los más sabios entre mis semejantes. Todo parecía prometerme un futuro brillante y honrado. El peor de mis defectos era una cierta impaciente vivacidad, una inquieta alegría que muchos hubieran sido felices de poseer, pero que yo encontraba difícil de conciliar con mi prepotente deseo de ir siempre con la cabeza bien alta, exhibiendo en público un aspecto de particular seriedad.

Fue así como empecé muy pronto a esconder mis gustos, y que cuando, al llegar el tiempo de la reflexión, puesto a considerar mis progresos y mi posición en el mundo, me encontré ya encaminado en una vida de profundo doble. Muchos se habrían vanagloriado de algunas ligerezas, de algunos desarreglos que yo, por la altura y ambición de mis objetivos, consideraba, por el contrario, una culpa y escondía con vergüenza casi morbosa. Más que defectos graves, fueron por lo tanto mis aspiraciones excesivas a hacer de mí lo que he sido, y a separar en mí, de forma más radical que en otros, esas dos zonas del bien y del mal que dividen y componen la doble naturaleza del hombre. Mi caso me ha llevado a reflexionar durante mucho tiempo y a fondo sobre esta dura ley de la vida, que está en el origen de la religión y también, sin duda, entre las mayores fuentes de infelicidad.

Por doble que fuera, nunca he sido lo que se dice un hipócrita. Los dos lados de mi carácter se encontraban igualmente afirmados. Si me abandonaba sin freno a mis placeres vergonzosos, era exactamente el mismo que cuando, a la luz del día, trabajaba por el progreso de la ciencia y el bien del prójimo. Sin embargo, ocurrió que mis investigaciones científicas, ya decididamente orientadas hacia lo místico y lo transcendental, confluyeron en las reflexiones que he dicho, derramando una viva luz sobre esta conciencia de guerra perenne de mí conmigo mismo. Tanto en el plano científico como en el moral, fui acercándome gradualmente a esa verdad, cuyo parcial descubrimiento me ha conducido más tarde a un naufragio tan tremendo: el hombre no es en verdad uno, sino en verdad dos. Y digo dos porque mis conocimientos no han avanzado más lejos. Serán otros quienes seguirán y llevarán adelante estas investigaciones. No hay que excluir que el hombre, en último análisis, pueda revelarse una mera asociación de sujetos distintos, incongruentes e independientes. Yo, por mi parte, por la naturaleza de mi vida, he avanzado infaliblemente en una única dirección. Ha sido por el lado moral y sobre mi propia persona donde he aprendido a reconocer la fundamental y originaria dualidad del hombre. Considerando las dos naturalezas que se disputaban el campo de mi conciencia, entendí que si se podía, con igual verdad, ser una como ser otra, era porque se trataba de dos naturalezas distintas; y muy pronto, mucho antes que mis investigaciones científicas me hicieran lejanamente pensar sobre la posibilidad de un milagro así, aprendí a cobijar con placer, como en un bonito sueño con los ojos abiertos, el pensamiento de una separación de los dos elementos. Si éstos, me decía, pudiesen encarnarse en dos identidades separadas, la vida se haría mucho más soportable. El injusto se iría por su camino, libre de las aspiraciones y de los remordimientos de su más austero gemelo; y el justo podría continuar seguro y voluntarioso por el recto camino en el que se complace, sin tenerse que cargar de vergüenzas y remordimientos por culpa de su socio maléfico. Pensaba que era una maldición para la humanidad que estas dos mitades incongruentes se hallasen ligadas de tal modo, que estos dos enemigos gemelos tuvieran que seguir luchando en el fondo de una conciencia sola y angustiosa. Pero, ¿cómo hacer para separarlos? Estaba siempre en este punto cuando, como he relatado, mis investigaciones de laboratorio comenzaron a arrojar una luz inesperada sobre el asunto.

Mucho más a fondo de lo que nunca se hubiese reconocido, comencé a entender la trémula inmaterialidad, la vaporosa inconsistencia del cuerpo del que estamos revestidos, en apariencia tan sólido. Descubrí que algunos agentes químicos tenían el poder de sacudir y soltar esa vestidura de carne así como el viento hace volar las cortinas de una tienda. Poseo dos buenas razones para no entrar demasiado en detalles sobre esta parte científica de mi confesión. La primera es que nuestro destino y la maleta de nuestra vida, como he aprendido a mi costa, siempre están amarrados a la espalda. Si intentamos la liberación, nos los encontramos delante de una forma nueva y todavía más insoportable. La segunda razón es que mi descubrimiento, como por desgracia resultará evidente en este escrito, ha quedado incompleto. Por lo tanto, me limitaré a decir que no sólo reconocí en mi cuerpo, en mi naturaleza física, la mera emanación o efluvio de algunas facultades de mi espíritu, sino que elaboré una sustancia capaz de debilitar esa facultad y suscitar una segunda forma corpórea, no menos connatural en mí en cuanto expresión de otros poderes, aunque más viles, de mi misma alma. Dudé bastante antes de pasar de la teoría a la práctica. Sabía bien que arriesgaba la vida, porque estaba clara la peligrosidad de una sustancia tan potente que penetrase y removiese desde los cimientos la misma fortaleza de la identidad personal: habría bastado el mínimo error de dosificación, la mínima contraindicación, para borrar completamente ese inmaterial tabernáculo que intentaba cambiar. Pero la tentación de aplicar un descubrimiento tan singular y profundo era tan grande, que al final vencí todo miedo. Había preparado mi tintura desde hacía ya bastante; adquirí entonces en una casa farmacéutica una cantidad importante de una determinada sal, que, según mostraban mis experimentos, era el último ingrediente necesario, y aquella noche maldita preparé la poción. Miré el líquido que bullía y humeaba en el vaso, esperé que terminara la efervescencia, luego me armé de valor y bebí. De inmediato me entraron espasmos atroces: sentir que mis huesos se rompían, una náusea espantosa y un terror y una revulsión del espíritu tal, que no se podría imaginar uno mayor ni en la hora del nacimiento o de la muerte. Pero esas torturas cesaron rápidamente y, al recobrar los sentidos, me encontré como salido de una enfermedad grave. Había algo extraño en mis sensaciones, algo indescriptiblemente nuevo y por esto mismo indescriptiblemente agradable. Me sentí más joven, más ágil, más feliz físicamente, mientras en el ánimo tenía conciencia de otras transformaciones: una terca temeridad, una rápida y tumultuosa corriente de imágenes sensuales, un quitar el freno de la obligación, una desconocida pero no inocente libertad interior. Inmediatamente, desde el primer respiro de esa nueva vida, supe que iba a ser conducido al mal con ímpetu multiplicado y completamente a merced de mi pecado de origen. Pero conocer eso, en aquel instante, me exaltó y deleitó como un vino.

Alargué los brazos, exultado con la frescura de estas sensaciones, y de repente me di cuenta de que mi estatura era inferior. No había entonces un espejo en aquella habitación (éste que está ahora frente a mí mientras escribo lo coloqué después para controlar mis transformaciones). La noche estaba muy avanzada y, por oscuro que estuviese, la mañana estaba cerca de concebir el día. El servicio estaba cerrado y pertrechado en las horas más rigurosas del sueño. Exaltado como estaba por la esperanza y por el triunfo, decidí aventurarme hasta mi dormitorio con esta nueva forma. Atravesé el patio suscitando (quizás pensé así) la maravilla de las constelaciones, a cuya insomne vigilancia se descubría el primer ser de mi especie. Me escurrí por los pasillos, extraño en mi propia casa. Y al llegar a mi dormitorio contemplé por primera vez la imagen de Edward Hyde. Pero aquí, para intentar una explicación de los hechos, puedo confiar sólo en la teoría. El lado malo de mi naturaleza, al que había transferido el poder de plasmarme, era menos robusto y desarrollado que mi lado bueno, que poco antes había destronado. Mi vida, después de todo, se había desarrollado en nueve de sus diez partes bajo la influencia del segundo, y el primero había tenido raras ocasiones para ejercitarse y madurar. Es así como explico que Edward Hyde fuese más pequeño, más ágil y más joven que Henry Jekyll. Y si el bien transpiraba por los trazos de uno, el mal estaba escrito con letras muy claras en la cara del otro. El mal, que constituye la parte letal del hombre, por lo que debo creer aún, había impreso en ese cuerpo su marca de deformidad y corrupción. Sin embargo al ver esa imagen espeluznante en el espejo experimenté un sentido de alegre alivio, no de repugnancia. También aquél era yo. Me parecí natural y humano. A mis ojos, incluso, esa encarnación de mi espíritu pareció más viva, más individual y desprendida, del imperfecto y ambiguo semblante que hasta ese día había llamado mío. Y en esto no puedo decir que me equivocara. He observado que cuando asumía el aspecto de Hyde nadie podía acercárseme sin estremecerse visiblemente; y esto era, sin duda, porque mientras que cada uno de nosotros es una mezcla de bien y de mal, Edward Hyde, único en el género humano, estaba hecho sólo de mal. No me detuve nada más que un momento ante el espejo. El segundo y concluyente experimento todavía lo tenía que intentar. Que daba por ver si no habría perdido mi identidad para siempre, sin posibilidad de recuperación; en ese caso, antes de que se hiciera de día, tendría que huir de esa casa que ya no era mía. Volviendo de prisa al laboratorio, preparé y bebí de nuevo la poción; de nuevo pasé por la agonía de la metamorfosis; y volviendo en mí me encontré con la cara, la estatura y la personalidad de Henry Jekyll.

Esa noche había llegado a una encrucijada fatal. Si me hubiera acercado a mi descubrimiento con un espíritu más noble, si hubiera arriesgado el experimento bajo el dominio de aspiraciones generosas o piadosas, todo habría sido diferente. De esas agonías de muerte y resurrección habría podido renacer ángel en lugar de demonio. La droga por sí misma no obraba en un sentido más que en otro, no era por sí ni divina ni diabólica; abrió las puertas que encarcelaban mis inclinaciones. De allí, como los prisioneros de Filipos, salió corriendo quien quiso.

Mis buenas inclinaciones estaban adormecidas, pero las malas vigilaban, instigadas por la ambición, y se desencadenaron: la cosa proyectada fue Hyde. Así, de las dos personas en las que me dividí, una fue totalmente mala, mientras la otra se quedó en el antiguo Henry Jekyll, esa incongruente mezcla que no había conseguido reformar. El cambio, por tanto, fue completamente hacia peor.

Aunque ya no fuera joven, yo no había aún perdido mi aversión por una vida de estudio y de trabajo. A veces tenía ganas de divertirme, pero, como mis diversiones eran, digamos así, poco honorables, y como era muy conocido y estimado, además de tener una edad respetable, la incongruencia de esa vida me pesaba cada día más. Principalmente por esto me tentaron mis nuevos poderes y es así como quedé esclavo. Sólo tenía que beber la poción, abandonar el cuerpo del conocido profesor y vestirme, como con un nuevo traje, con el de Edward Hyde.

La idea me sonreía y la encontré ingeniosa. Hice mis preparativos con el máximo cuidado. Alquilé y amueblé la casa de Soho, donde luego fue la policía a buscar a Hyde; tomé como ama de llaves a una mujer que tenía pocos escrúpulos y sabía mantenerse en silencio. Y por otra parte advertí a mis criados que un tal señor Hyde, del que describí su aspecto, habría tenido de ahora en adelante plena libertad y autoridad en mi casa; para evitar equívocos, para que en casa se familiarizaran con él, me hizo visita en mi nuevo aspecto. Luego escribí y te confié el testamento que tanto desaprobaste, de tal forma que, si le hubiera ocurrido algo al doctor Jekyll, habría podido sucederle como Hyde. Y así precavido (en cuanto suponía) en todos los sentidos, empecé a aprovecharme de las extrañas inmunidades de mi posición.

Hace un tiempo, para cometer delitos sin riesgo de la propia persona y reputación, se pagaban y se mandaban a matones. Yo fui el primero que dispuse de un matón que enviaba por ahí para que me proporcionase satisfacciones. Fui el primero en disponer de otro yo mismo que podía en cualquier momento desatar para gozar de toda libertad, como un niño de escuela en sus escapadas, sin comprometer mínimamente la dignidad y la seriedad de mi figura pública. Pero también en el impenetrable traje de Hyde estaba perfectamente al seguro. Si pensamos, ¡ni siquiera existía! Bastaba que me escurriese en el laboratorio por la puerta de atrás y bebiese la poción (siempre preparada para esta eventualidad), porque Edward Hyde, hiciera lo que hiciera, desaparecía como desaparece la marca del aliento en un espejo. Además, en la comodidad de sus estudios junto a la luz titubeante de una vela, había uno que se podía reír de cualquier sospecha: Henry Jekyll.

Los placeres que me apresuré a encontrar bajo mi disfraz eran, como he dicho, poco decorosos. No creo que deba definirlos con mayor dureza. Sin embargo, en las manos de Edward Hyde pronto empezaron a inclinarse hacia lo monstruoso. A menudo, al regresar de estas excursiones, consideraba con consternado estupor mi depravación. Esa especie de familiar mío, que había sacado de mi alma y mandaba por ahí para su placer, era un ser intrínsecamente malo y perverso; en el centro de cada pensamiento suyo, de cada acto, estaba siempre y sólo él mismo. Bebía el propio placer, con avidez bestial, de los atroces sufrimientos de los demás. Tenía la crueldad de un hombre de piedra. Henry Jekyll a veces se quedaba congelado con las acciones de Edward Hyde, pero la situación estaba tan fuera de toda norma y de toda ley ordinaria, que debilitaba insidiosamente su conciencia. Hyde y sólo Hyde, después de todo, era culpable. Y Jekyll, cuando volvía en sí, no era peor que antes: se encontraba con todas sus buenas cualidades inalteradas; incluso procuraba, si era posible, remediar el mal causado por Hyde. Y así su conciencia podía dormir.

No me pararé a describir las infamias de las que de esta forma me hice cómplice (ya que no sabría admitir, ni siquiera ahora, que las he cometido yo); diré simplemente por qué caminos y tras qué advertencias llegó por fin mi castigo. Sin embargo hay un incidente que debo recordar, aunque no tuviera consecuencias. Un acto mío de crueldad con una niña provocó la intervención de un paseante, que he reconocido el otro día en la persona de tu primo Enfield; se unieron a él el médico y los familiares de la pequeña, y hubo momentos en los que temí por mi vida; por fin, para aplacar su justa ira, Hyde les llevó hasta la puerta del laboratorio y pagó con un cheque firmado por Jekyll. Para evitar cualquier contratiempo, entonces abrí una cuenta a nombre de Edward Hyde en otro banco; y cuando, cambiando la inclinación de mi caligrafía, hube provisto a Hyde también de una firma, me creí a cubierto de cualquier imprevisto del destino.

Dos meses antes del asesinato de Sir Danvers había estado fuera por una de mis aventuras y había vuelto a casa muy tarde. Al día siguiente me desperté en la cama con un sentido de curiosa extrañeza. En vano miré alrededor, en vano examiné el mobiliario elegante y las proporciones de mi habitación con sus altas ventanas a la plaza; en vano reconocí las cortinas y la caoba de mi cama de columnas; algo seguía haciéndome pensar que no fuese yo, que no me hubiese despertado en el lugar donde parecía que me encontraba, sino en la pequeña habitación de Soho en la que por regla general dormía cuando estaba en el pellejo de Hyde. Esa especie de ilusión era tan extraña que, aunque me sonriera y recayese a ratos en el sueño ligero de la mañana, me puse a estudiarla en mi habitual interés por todo fenómeno psicológico. Lo estaba todavía analizando, cuando por casualidad, en un intervalo más lúcido en mi despertar, la mirada cayó en una de las manos. Las manos de Henry Jekyll (recuerdo que tú hiciste esa observación una vez) eran típicas manos de médico, grandes, blancas y bien hechas. Pero la mano que vi en el doblez de la sábana, a la luz amarillenta de la mañana londinense, era nudosa y descarnada, de una palidez grisácea, muy recubierta de pelos oscuros: era la mano de Edward Hyde.

Me quedé mirándola al menos medio minuto, estupefacto por la sorpresa, antes de que el terror me explotase en el pecho con el estruendo de un golpe de platillos en una orquesta. Me levanté de la cama, corrí al espejo, la evidencia me heló: sí, me había dormido Jekyll y me había despertado Hyde. "¿Como había podido ser posible?", me pregunté. Inmediatamente después, con un nuevo sobresalto de terror: "¿Cómo remediarlo?".

Ya se había hecho de día, los criados se habían levantado y lo que necesitaba para la poción estaba en la habitación encima del laboratorio; esto significaba un largo viaje por dos rampas de escaleras, los pasillos detrás de la cocina, el patio abierto y la sala anatómica. Podría haberme tapado la cara, ¿pero para qué serviría si no podía esconder mi estatura? Luego me acordé con tremendo alivio que los criados se habían acostumbrado a ese ir venir de mi otro yo. Me vestí como mejor pude con esa ropa ancha, atravesé la casa con el susto de Bradshaw, que se echó para atrás al ver al señor Hyde a esas horas y tan extrañamente vestido, y diez minutos más tarde el doctor Jekyll, reconquistada su propia apariencia, se sentaba con la frente fruncida fingiendo desayunar. No se puede decir efectivamente que tuviese apetito. Ese incidente inexplicable, ese vuelco de mis anteriores experiencias me parecía una profecía de desgracia, como las letras que trazó en la pared el dedo babilónico.

A partir de entonces comencé a reflexionar, con más seriedad de la que había puesto hasta ahora, sobre las dificultades y los peligros de mi doble existencia. Esa otra parte de mí, que tenía el poder de proyectar, había tenido tiempo de ejercitarse y afirmarse cada vez más; me había parecido, últimamente, que Hyde hubiera crecido, y en mis mismas venas (cuando tenía esa forma) había sentido que fluía la sangre con más abundancia. Percibí el peligro que me amenazaba. Si las cosas seguían así, el equilibrio de mi naturaleza habría terminado por trastocarse: ya no habría tenido el poder de cambiar y me habría quedado prisionero para siempre en la piel de Hyde.

Mi preparado no se había demostrado siempre con la misma eficacia. Una vez, todavía al principio, casi no había tenido efecto; otras veces había sido obligado a doblar la dosis, y hasta en un caso a triplicarla, con un riesgo muy grave de la vida. Pero después de ese incidente me di cuenta de que la situación había cambiado: si al principio la dificultad consistía en desembarazarme del cuerpo de Jekyll, desde hace algún tiempo gradual pero decididamente el problema era al revés. O sea, todo indicaba que yo iba perdiendo poco a poco el control de la parte originaria y mejor de mí mismo, y poco a poco identificándome con la secundaria y peor. Sentí que debía escoger entre mis dos naturalezas. Ambas tenían en común la memoria, pero compartían en distinta medida el resto de las facultades. Jekyll, de naturaleza compuesta, participaba a veces con las más vivas aprensiones y a veces con ávido deseo en los placeres y aventuras de Hyde. Hyde, en cambio, no se preocupaba lo más mínimo de Jekyll; como mucho lo recordaba como el bandido de la sierra recuerda la cueva en la que encuentra refugio cuando lo persiguen. Jekyll era más interesado que un padre, Hyde más indiferente que un hijo. Elegir la suerte de Jekyll era sacrificar esos apetitos con los que hace un tiempo era indulgente, y que ahora satisfacía libremente; elegir la de Hyde significaba renunciar a miles de intereses y aspiraciones, convertirse de repente y para siempre en un desecho, despreciado y sin amigos.

Parecía que se iba a imponer la primera elección, pero hay que colocar algo más en la balanza. Mientras Jekyll hubiese sufrido con agudeza los escozores de la abstinencia, Hyde ni siquiera se habría dado cuenta de lo que había perdido. Aunque las circunstancias fuesen singulares, los términos del dilema eran, sin embargo, banales y tan antiguos como el hombre: todo pecador tembloroso, en la hora de la tentación, se encuentra frente a las mismas adulaciones y a los mismos miedos, y luego éstos tiran los dados por él. Por otra parte, lo que me sucedió, como casi siempre sucede, fue que escogí el mejor camino, pero sin tener luego la fuerza de quedarme en él.

Así es: preferí al maduro médico insatisfecho e inquieto, pero rodeado de amigos y animado por honestas esperanzas; y di un decidido adiós a la libertad, a la relativa juventud, al paso ligero, a los fuertes impulsos y secretos placeres de los que gocé en la persona de Hyde. Quizás hice esta elección con alguna desconocida reserva. No cancelé el alquiler de la casa de Soho, no destruí las ropas de Hyde que tenía en la habitación de encima del laboratorio. Durante dos meses, sin embargo, me mantuve firme en mi resolución; durante dos meses llevé la vida más austera que jamás hubiera llevado, y tuve como recompensa las satisfacciones de una conciencia tranquila. Pero mis miedos, con el tiempo, se debilitaron; las alabanzas de la conciencia, con la costumbre, perdieron eficacia; por el contrario, empecé a ser atormentado por impulsos y deseos angustiosos, como si el mismo Hyde estuviera luchando para liberarse y al final, en un momento de flaqueza moral, preparé y bebí la poción una vez más. No creo que el borracho, cuando razona consigo sobre su vicio, se preocupe alguna vez realmente de los peligros a los que se expone en su estado de embrutecimiento. Tampoco yo nunca, aunque a veces hubiese reflexionado sobre mi situación, había tenido suficientemente en cuenta la completa insensibilidad moral y la enloquecida predisposición al mal, que eran los rasgos dominantes de Hyde. Por esto me vino el castigo.

Mi demonio había estado encerrado mucho tiempo en la jaula y escapó rugiendo. Inmediatamente fui consciente, incluso antes de haber terminado la poción de una más desenfrenada y furiosa voluntad de mal. Y esto quizás explica la tempestad de intolerancia, de irresistible aversión que desencadenaron en mí las maneras correctas y corteses de mi víctima. Al menos puedo declarar ante Dios que ningún hombre mentalmente sano habría podido reaccionar con un delito semejante a una provocación tan inconsistente; y que no había en mí más luz de razón, cuando golpeé, de la que hay en un niño que rompe con impaciencia un juguete. Yo, por otra parte, me había despojado voluntariamente de todos esos instintos que, haciendo por así decir de contrapeso, permiten incluso a los peores entre nosotros resistir en alguna medida a las tentaciones. Ser tentado, para mí, significaba caer. Se desencadenó entonces un verdadero espíritu del infierno. Me enfurecí mucho con el hombre ya en el suelo, saboreando con júbilo cada golpe que le daba; y sólo cuando el cansancio sucedió al furor, todavía en pleno delirio, de golpe me heló el terror. Una niebla se disipó. Entendí que ya hasta mi vida estaba en peligro y huí temblando del lugar de mi crueldad. Pero temblaba de miedo y de exaltación a la vez, igualmente enfurecido en la voluntad de vivir y en la, apenas satisfecha y mucho más estimulada, de hacer el mal. Fui corriendo a la casa de Soho y para mayor seguridad rompí mis papeles; luego me encaminé por las calles alumbradas por las farolas, siempre en ese contrastado éxtasis del espíritu. Complaciéndome cruelmente de mi delito, ya proyectando alegremente cometer otros, y sin embargo dándome prisa y con oído atento por el temor de oír detrás de mí los pasos del vengador. Hyde tenía una canción en los labios mientras preparaba la mezcla, y bebió brindando por el que había matado. Pero nada más cesar los dolores de la metamorfosis, Henry Jekyll, de rodillas, invocaba a Dios con lágrimas de gratitud y de remordimiento. El velo del amor de sí se había rasgado de arriba abajo, y en ese momento tuve delante toda mi vida: podía seguirla desde los días de la infancia, cuando paseaba agarrado de la mano de mi padre, hasta las luchas y sacrificios de mi vida de médico; pero sólo para volver siempre de nuevo, con el mismo sentido de irrealidad, a los condenados horrores de aquella noche.

Habría querido gritar. Intenté esconderme implorando y llorando por el tropel de sobrecogedoras imágenes y sonidos que la memoria me suscitaba en contra mía. Sin embargo, entre las pausas de mis invocaciones la cara de mi iniquidad volvía a examinarme amenazadoramente. Por fin el remordimiento se hizo menos agudo y poco a poco le sucedió un sentido de liberación. El problema de mi conducta estaba resuelto. Hyde, de ahora en adelante, ya no habría sido posible y yo, quisiera o no, habría quedado confinado en la parte mejor de mi existencia. ¡Qué alegría experimenté con este pensamiento! ¡Con qué voluntariosa humildad acepté de nuevo las restricciones de la vida ordinaria! ¡Con qué espíritu de sincera renuncia cerré la puerta por la que tan a menudo había ido y vuelto, y pisoteé la llave con el tacón!

Al día siguiente se supo que había testigos del asesinato, que no había dudas sobre la culpabilidad de Hyde y que la víctima era una personalidad muy conocida. No había sido sólo un delito, sino una trágica locura. Creo que me alegré de saberlo, que me alegré de que el terror del patíbulo me confirmase y fortificase en mis mejores impulsos. Jekyll era ahora mi puerto de asilo: si Hyde se arriesgaba a salir un instante, las manos de todos se le habrían echado encima para agarrarlo y hacer justicia.

Decidí que mi conducta futura rescataría mi pasado, y puedo decir honestamente que mi resolución trajo algún fruto. Sabes también con qué celo, en los últimos meses del año pasado, yo me dediqué a aliviar los dolores y sufrimientos; sabes que pude ser de ayuda para muchos; y sabes que pasé unos días tranquilos y felices. No puedo decir, con honradez, que esa vida inocente y benéfica acabase aburriéndome; creo que cada día gozaba más. Pero no había conseguido liberarme de la maldita duplicidad de mi carácter. Cuando la voluntad de expiación se atenuó, la peor parte de mí, secundada durante mucho tiempo y ahora tan mortificada, empezó a rebullir y a reclamar. No es que pensase resucitar a Hyde. Esa simple idea bastaba para que cayese en el temor. No, fui yo en cuanto Jekyll, en mi misma persona, el que jugó de nuevo con mi conciencia; y fue como cualquier pecador clandestino que cede por fin a los asaltos de la tentación. Pero todo tiene un límite; la medida mayor se colma; y bastó ese fugaz extravío para destruir el equilibrio de mi espíritu. En ese mismo momento no me alarmé: la caída me había parecido natural, como una vuelta a los viejos tiempos antes de mi descubrimiento.

Era una mañana de enero clara y hermosa, con la tierra húmeda por la escarcha deshecha. No había ni una nube en el cielo. Regent's Park estaba lleno de invernales piares y olores casi primaverales. Yo estaba sentado al sol en un banco y, mientras el animal en mí lamía un resto de memorias, mi conciencia soñaba prometiéndose penitencia, aunque sin ningún apuro por comenzar. Después de todo, reflexioné, no era distinto de mis semejantes; pero luego sonreí comparando mi celo, mi laboriosa buena voluntad, con la perezosa crueldad de la negligencia de ellos. Estaba pavoneándome con este pensamiento cuando me asaltaron atroces espasmos acompañados de náuseas y convulsiones. Fue una crisis tan fuerte, aunque no durara mucho, que me dejó casi desvanecido. Cuando, más tarde y con lentitud me recuperé, me di cuenta de un cambio en mi forma de pensar: mayor audacia, desprecio del peligro, desligadura de toda obligación. Bajé los ojos: la ropa me colgaba informe en mis miembros contraídos, la mano que apoyaba en una rodilla era huesuda y peluda. ¡Era otra vez Edward Hyde!

Un momento antes gozaba de la estima de todos, era rico y querido, una mesa preparada me esperaba en mi casa. Ahora no era más que un proscripto sin casa y sin refugio, un asesino al que todos perseguían, carne de horca. Mi razón vaciló, pero no me faltó del todo.

Ya he dicho que mis facultades parecían agudizarse y mi espíritu se hacía más tenso y rápido cuando estallaba en mi segunda encarnación. Y así, mientras Jekyll, en ese punto, habría quizás abandonado la partida, Hyde supo adecuarse a la peligrosidad del momento. Los ingredientes para la poción estaban en un armario de la habitación encima del laboratorio: ¿cómo llegar allí? Este era el problema que debía hacer un esfuerzo por resolver y sin perder un minuto de tiempo. Yo mismo había cerrado la puerta de atrás. Si hubiera intentado entrar por la puerta principal, los mismos criados me habrían llevado al verdugo. Vi que tenía que echar mano de otro y acudí a Lanyon. ¿Pero cómo podría llegar a Lanyon? ¿Y cómo persuadirlo? Admitiendo que pudiese escapar de ser apresado por la calle, ¿cómo hacerme admitir a su presencia? ¿Como habría podido yo, visitante desconocido y desagradable, convencer al ilustre médico que saqueara el despacho de su colega, el doctor Jekyll? Luego me acordé que conservaba algo de la persona de Jekyll: la caligrafía. Fue entonces cuando entendí con claridad el camino que debía seguir.

Me arreglé la ropa que llevaba encima lo mejor que pude y llamé un coche para que me condujera a una posada de la que recordaba el nombre, en Portland Street. Llevaba una ropa tan ridícula (aunque fuese trágico el destino que cubría), que el cochero no pudo contener una sonrisa de desprecio; yo rechiné los dientes en un arrebato de furia salvaje y su sonrisa desapareció, felizmente para él, aunque más feliz para mí, ya que un instante después sin duda lo habría tirado del pescante. Cuando entré en la posada tenía un aire tan tétrico que sirvientes y camareros, temblando de miedo, no osaron intercambiar una sola mirada en mi presencia, sino que, obedeciendo exquisitamente mis órdenes, me condujeron a una sala privada, a la que me trajeron todo lo que necesitaba para escribir.

Hyde en peligro de vida era una bestia que aún no había aprendido a conocer. Sacudido por una rabia tremenda, preso de una furia homicida, animado sólo por deseos de violencia, supo sin embargo dominarse y obrar con astucia. Escribió dos cartas de calculada gravedad, una a Lanyon, otra a Poole y, para estar seguro de que las llevarían a correos, ordenó que se mandaran certificadas. Luego se quedó todo el día junto al fuego, mordiéndose las uñas, y cenó solo en la sala privada, servido por un camarero visiblemente amedrentado. Bien entrada la noche se fue y tomó un coche cerrado, que le llevó de arriba abajo por las calles de la ciudad.

Más tarde, temiendo que el cochero empezase a sospechar de él —sigo diciendo él, porque en realidad no puedo decir yo: ese hijo del infierno no tenía nada de humano, ya estaba hecho sólo de odio y de miedo— despidió el coche y se aventuró a pie, entre los paseantes nocturnos, objeto de la curiosidad por su grotesco vestir y siempre empujado, como en una tempestad, por esas dos únicas bajas pasiones. Caminaba de prisa, mascullando entre sí, buscando las calles menos frecuentadas, contando los minutos que lo separaban de la medianoche. A un cierto punto se le acercó una mujer, creo que para venderle fósforos, y él la echó de un manotazo. Cuando volví en mí en casa de Lanyon, el horror de mi viejo amigo sin duda debió conmoverme, pero no sé hasta qué punto; ésa fue sólo una gota, probablemente, que me sumergió en el mar del horror mientras consideraba la situación. Lo que ahora me perturbaba no era ya el terror de la horca, sino él de reconvertirme en Hyde. Escuché casi en sueños las palabras de condena de Lanyon, y casi en sueños volví a casa y me metí en la cama. Me dormí en seguida, por lo postrado que estaba, y dormí con sueño largo e ininterrumpido, aunque poblado de pesadillas.

Desperté por la mañana, bastante descansado. Aún me encontraba débil y agitado. No había olvidado los tremendos peligros del día anterior. El pensamiento del bruto que dormía en mí seguía llenándome de horror, pero estaba en mi casa, disponía de los ingredientes para la poción y mi gratitud por el desaparecido peligro tenía casi los colores de la esperanza. Estaba atravesando sin prisa el patio, después de desayunar, y respiraba con placer el aire fresco cuando de nuevo se apoderaron de mí esas indescriptibles sensaciones que anunciaban la metamorfosis. Tuve apenas tiempo de refugiarme en mi habitación de encima del laboratorio, antes de encontrarme una vez más en la piel de Hyde, inflamado por sus furores y helado por sus miedos. Esta vez se necesitó una doble dosis para hacerme volver en mí. Por desgracia, seis horas después, mientras me sentaba tristemente a mirar el fuego, volvieron los espasmos y tuve que volver a tomar la poción.

A partir de ese día fue sólo un esfuerzo atlético, y sólo bajo el estímulo inmediato de la mezcla pude mantenerme, de a ratos, en la persona de Jekyll. Los escalofríos premonitores podían asaltarme en cualquier hora del día y de la noche; pero sobre todo bastaba que me durmiese o que echara una simple cabeceada en mi butaca para que al despertar me encontrase Hyde.

Esta amenaza siempre inminente y el insomnio al que yo mismo me condenaba más allá de los límites humanamente soportables, pronto me redujeron a una especie de animal devorado y vaciado por la fiebre, debilitado tanto en el cuerpo como en la mente, y ocupado con un solo pensamiento: el horror de ese otro yo mismo. Pero cuando me dormía o cuando cesaba el efecto de la poción, caía casi sin transición (ya que la metamorfosis en este sentido era siempre menos laboriosa) en la esclavitud de una fantasía rebosante de imágenes de terror, de un alma que hervía de odios sin motivo y de un cuerpo tan lleno de energías vitales que parecía incapaz de contenerlas. Parecía que, al disminuir las fuerzas de Jekyll, las de Hyde aumentaran; pero el odio que las separaba era ya de la misma intensidad. Para Jekyll era una cuestión de instinto vital: ya conocía en toda su deformidad al ser con el que compartía algunos de los fenómenos de la conciencia, y con el que habría compartido la muerte, sin embargo, aparte del horror y de la tragedia de este lazo, Hyde, con toda su energía vital, ya le parecía algo no sólo infernal, sino inorgánico. Esto era lo que más horror le producía: que ese fango de pozo pareciese emitir gritos y voces; que ese polvo amorfo gesticulase y pecase; que una cosa muerta, una cosa informe, pudiera usurpar las funciones de la vida. Y más aún: que esa insurgente monstruosidad fuese más cercana que una mujer, más íntima que un ojo, anidada como estaba en él y enjaulada en su misma carne, donde la oía murmurar y luchar para nacer; y que en algún momento de debilidad, o en la confianza del sueño, ella pudiese prevalecer contra él y despojarlo de la vida.

Hyde odiaba a Jekyll por otras razones distintas. Su terror a la horca le empujaba siempre de nuevo al suicidio temporal, a abandonar provisionalmente la condición de persona para entrar en el estado subordinado de parte. Pero aborrecía esta necesidad, aborrecía la inercia en la que había caído Jekyll, y la cambiaba por la aversión con la que se sabía considerado. Esto explica las burlas simiescas que Hyde empezó a tomarme, como escribir blasfemias de mi puño y letra en las páginas de mis libros, quemar mis papeles o destruir el retrato de mi padre. Incluso creo que, si no hubiera sido por el miedo a morir, ya hace tiempo que se habría arruinado a sí mismo para arrastrarme en su ruina. Pero su amor a la vida era extraordinario. Diré más: yo que me quedo helado y aterrorizado sólo con pensarlo, yo, sin embargo, cuando reflexiono sobre la abyección y pasión de ese apego a la vida, y cuando lo veo temblar asustado, desencajado, por la idea de que yo puedo eliminarlo con el suicidio, acabo por sentir hasta piedad.

Es inútil alargar esta descripción, sobre todo porque el tiempo ya aprieta terriblemente. Bastaría decir que nadie jamás ha sufrido semejantes tormentos, si no hubiese que añadir que también a éstos la costumbre ha dado no digo alivio, sino disminución debida a un incierto encallecimiento del alma, a una cierta aquiescencia de la desesperación. Y mi castigo habría podido durar años si no hubiera tenido lugar una circunstancia imprevista, que dentro de poco me separará para siempre de mi propio aspecto y de mi naturaleza originaria. Mi provisión de sales, que no había nunca renovado desde los tiempos del primer experimento, últimamente ha empezado a escasear. Y cuando he mandado a buscar más y he preparado con ellas la mezcla, he conseguido la ebullición y el primer cambio de color, pero no el segundo. Y la poción no ha surtido ya efecto alguno. Poole te contará que le he enviado a buscar estas sales por todo Londres, pero sin conseguirlas. Ahora estoy convencido de que la primera cantidad debía ser impura, y precisamente de esta desconocida impureza dependía su eficacia.

Ha pasado desde entonces una semana. Estoy finalizando este escrito gracias a la última dosis de las viejas sales. Por lo tanto ésta, a no ser que obre un milagro, es la última vez que Henry Jekyll puede pensar sus propios pensamientos y ver su cara (¡que tristemente ha cambiado!) en el espejo que tiene delante. No puedo tardar mucho en concluir, porque sólo gracias a mi cautela y a la suerte, estas hojas han escapado hasta ahora de la destrucción. Si la metamorfosis se produjese mientras estoy aún escribiendo, Hyde las haría pedazos de inmediato. Si, por el contrario tengo tiempo de ponerlas aparte, su extraordinaria capacidad de pensar únicamente en sí mismo, la limitación de su interés por sus circunstancias inmediatas las salvarán quizás de su simiesco despecho. Pero en realidad el destino que nos aplasta a ambos ha cambiado e incluso domado a él.

Quizás dentro de media hora, cuando encarne de nuevo y para siempre a ese ser odiado, sé que me pondré a llorar y a temblar en mi sillón, o que volveré a pasear de arriba abajo por esta habitación (mi último refugio en esta tierra) escuchando cada ruido en un paroxismo de miedo, pegando desesperadamente el oído a cualquier sonido de amenaza. ¿Morirá Hyde en el patíbulo? ¿Encontrará, en el último instante el valor de liberarse? Dios lo sabe, a mí no me importa. Esta es la hora de mi verdadera muerte. Lo que venga después pertenece a otro. Y así, posando la pluma, cierro esta confesión mía y pongo fin a la vida del infeliz Henry Jekyll.

Historia del joven de las tartas de crema

(en *El club de los suicidas*, 1878)

Mientras residía en Londres, el eminente príncipe Florizel de Bohemia se ganó el afecto de todas las clases sociales gracias a sus modales seductores y su generosidad bien entendida. Era un hombre notable, por lo que se conocía de él, que no era más que una pequeña parte de lo que verdaderamente hizo. Si bien su temperamento era tranquilo en circunstancias normales, y estaba habituado a tomarse la vida con la filosofía de un campesino, el príncipe de Bohemia se sentía atraído por formas de vida más arriesgadas y excéntricas que aquella a la que estaba destinado por nacimiento. En ocasiones, cuando estaba de ánimo bajo, no había ninguna comedia en los teatros de Londres y las estaciones del año hacían impracticables los deportes en que vencía a todos sus competidores, mandaba llamar a su confidente y jefe de caballerías, el coronel Geraldine, y le ordenaba prepararse para una excursión nocturna. El jefe de caballerías era un oficial joven, de carácter valiente e incluso temerario, que recibía la orden con beneplácito y corría a prepararse. Una larga práctica y una variada experiencia en la vida le habían otorgado una singular capacidad para disfrazarse. No sólo adaptaba su rostro y sus modales a los de personas de cualquier rango, carácter o país, sino hasta la voz e incluso sus mismos pensamientos. Era así como desviaba la atención de la persona del príncipe y, en algunas ocasiones, lograba la admisión de los dos en ambientes y sociedades extrañas. Las autoridades jamás habían sabido estas aventuras secretas; la inalterable audacia del uno y la rápida inventiva y devoción caballeresca del otro los habían salvado una buena cantidad de situaciones peligrosas, y su confianza había crecido con el paso del tiempo.

Una tarde de marzo, una lluvia de aguanieve los empujó a refugiarse en una taberna ubicada en las cercanías de Leicester Square donde se comían ostras. El coronel Geraldine iba vestido y caracterizado como un periodista en circunstancias apuradas, mientras que el príncipe, tal su costumbre, había cambiado su aspecto con unos bigotes falsos y unas gruesas cejas postizas. Estos adminículos le daban un aire rudo y curtido, el mejor disfraz posible para alguien con su distinción. Así preparados, el jefe y su acompañante bebían su brandy con soda sintiéndose seguros de sí mismos.

La taberna estaba llena de clientes, tanto hombres como mujeres, y aunque más de uno buscó entablar conversación con nuestros aventureros, ninguno de los que lo intentaron parecía interesante, en caso de conocerlo mejor. No había entre ellos otra cosa más que los usuales bajos fondos de Londres y algunos bohemios de costumbre. El príncipe había comenzado a bostezar y comenzaba a aburrirse de la excursión, cuando los batientes de la puerta se abrieron con violencia y entró en el bar un hombre joven seguido de dos servidores. Cada uno de los criados transportaba una gran bandeja con tartas de crema debajo de una tapa, que en seguida apartaron para dejarlas a la vista; entonces el hombre joven dio un rodeo por toda la taberna ofreciendo las tartas a los presentes con manifestaciones de cortesía exagerada. Algunos le aceptaron su oferta entre risas, otros se la rechazaron con firmeza y hubo quienes lo hicieron con rudeza. En estos casos el recién llegado se comía siempre él la tarta, entre algún comentario más o menos humorístico. Por último, se aproximó al príncipe Florizel.

–Señor –le dijo, haciendo una reverencia, mientras adelantaba la tarta hacia él sujetándola entre los dedos índice y pulgar–, ¿querría usted hacerle este honor a un completo desconocido? Garantizo la calidad de esta pastelería, pues yo mismo he comido veintisiete de estas tartas desde las cinco de la tarde.

–Tengo la costumbre –respondió el príncipe– de no fijarme tanto en la naturaleza del presente, como en la intención de quien me lo ofrece.

–La intención, señor –dijo el hombre joven con otra reverencia–, es la burla.

–¿Burla? –repitió el príncipe–. ¿Y de quién quiere burlarse?

–No me encuentro aquí para exponer mi filosofía –contestó el joven– sino para repartir estas tartas de crema. Si le aseguro que me incluyo sinceramente en el ridículo de esta situación, espero que considere usted satisfecho su honor y condescienda a aceptar mi ofrecimiento. Si no, me obligará usted a comerme el pastel número veintiocho, y le confieso que empiezo a sentirme harto del ejercicio.

–Me ha convencido –aceptó el príncipe– y deseo, con la mejor voluntad del mundo, rescatarlo de su problema, pero con una condición. Si mi amigo y yo comemos sus tartas –que no nos apetecen en absoluto–, esperamos que en compensación acepte usted unirse a nosotros para cenar.

El joven pareció reflexionar.

–Todavía me quedan unas docenas en la mano –dijo, al fin– y tendré que visitar a la fuerza varias tabernas más para concluir mi gran empresa, en lo cual tardaré un tiempo. Si tienen ustedes mucho apetito...

El príncipe le interrumpió con un cortés ademán.

–Mi amigo y yo le acompañaremos –repuso–. Tenemos un profundo interés por su extraordinariamente agradable manera de pasar la tarde. Y ahora que ya se han sentado los preliminares de la paz, permítame que firme el tratado por los dos.

Y el príncipe engulló la tarta con la mayor gracia posible.

—Está deliciosa —dijo.

—Veo que es usted un experto —replicó el joven.

El coronel Geraldine hizo el honor al pastel del mismo modo, y como todos los presentes en la taberna habían ya aceptado o rechazado la pastelería, el joven encaminó sus pasos hacia otro lugar similar. Los dos servidores, que parecían sumamente acostumbrados a su absurdo trabajo, le siguieron inmediatamente, y el príncipe y el coronel, tomados del brazo y sonriéndose entre sí, se unieron a la retaguardia. En este orden, el grupo visitó dos tabernas más, donde se sucedieron escenas idénticas a las ya descriptas: algunos rechazaban y otros aceptaban los favores de aquella vagabunda hospitalidad, y el hombre joven se comía las tartas que le eran rechazadas.

Al salir del tercer bar, el joven hizo el recuento de sus existencias. Sólo quedaban nueve tartas, tres en una bandeja y seis en la otra.

—Caballeros —dijo, dirigiéndose a sus dos nuevos seguidores—, no deseo retrasar su cena. Estoy por completo convencido de que ya tienen hambre y siento que les debo una consideración especial. Y en este gran día para mí, en que estoy cerrando una carrera de locura con mi acción más claramente absurda, deseo comportarme lo más correctamente posible con todos aquellos que me ofrezcan su ayuda. Caballeros, no tendrán que aguardar más. Aunque mi constitución esta quebrantada por excesos anteriores, con riesgo de mi vida liquidaré la condición pendiente.

Con estas palabras, el joven se llevó a la boca los siete pasteles restantes y los engulló uno a uno. Luego se volvió a los servidores y les dio un par de monedas.

—Tengo que agradecerles su extraordinaria paciencia —dijo.

Y los despidió con una inclinación. Durante unos segundos miró la cartera de la cual acababa de pagar a sus seguidores, la lanzó con una carcajada al medio de la calle y exclamó que estaba listo para ir a cenar.

Se dirigieron a un pequeño restaurante francés del Soho, un sitio que durante algún tiempo había disfrutado de una notoria fama y ahora caía en el olvido. Allí los tres compañeros subieron dos tramos de escaleras y se acomodaron en un comedor privado. Cenaron exquisitamente y bebieron tres o cuatro botellas de champagne mientras hablaban de temas intrascendentes. El joven era alegre y buen conversador, aunque su risa tenía un volumen mucho más elevado del que es conveniente en alguien de buena educación; le temblaban las manos con cierta violencia y su voz tomaba matices repentinos y sorprendentes que parecían escapar a su voluntad. Los tres hombres habían terminado los postres y habían encendido sus puros, cuando el príncipe se dirigió a él diciendo:

—Estoy seguro de que sabrá perdonar mi curiosidad. Me agrada mucho lo que he visto de usted, pero es mucho, también, lo que me intriga. Aunque no tengo intenciones de ser indiscreto, debo decirle que mi amigo y yo somos personas muy preparadas para que se nos confíen secretos. Tenemos muchos secretos propios que con frecuencia revelamos a oídos indiscretos. Y si, como supongo, su historia es una locura, no precisa usted andarse con rodeos, pues se haya delante de los dos hombres más insensatos de Inglaterra. Mi nombre es Godall, Theophilus Godall, y mi amigo es el mayor Alfred Hammersmith o, al menos, ése es el nombre con el que ha elegido que se le conozca. Dedicamos nuestras vidas a la búsqueda de aventuras extravagantes, y no hay extravagancia alguna que no sea capaz de despertar simpatía en nosotros.

—Me agrada usted, señor Godall —le contestó el joven—, me inspira usted una natural confianza; y tampoco tengo la más mínima objeción respecto a su amigo el mayor, a quien creo un noble disfrazado. Cuando menos, estoy seguro de que no es militar.

El coronel sonrió a aquel halago a la perfección de su arte y el joven continuó hablando aun más animadamente:

—Existen todas las razones posibles para que yo no les cuente mi historia. Quizá sea ésa exactamente la razón por la que se la voy a contar. Ustedes en verdad parecen tan bien preparados para escuchar un cuento descabellado que no tengo valor para decepcionarlos. Me reservaré mi nombre, a pesar de su ejemplo. Mi edad no es esencial para la narración. Desciendo de mis antepasados por generaciones normales y de ellos heredé un muy aceptable alojamiento, que todavía ocupo, y una renta de trescientas libras al año. Creo que también me dejaron un carácter atolondrado, al que he cedido siempre con indulgencia. Recibí una buena educación. Toco el violín, casi lo bastante bien como para ganarme la vida en la orquesta de alguna sala de variedades, pero no mucho más. Lo mismo se puede aplicar a la flauta y a la trompa de llaves. Aprendí lo bastante de *whist* como para perder cien libras al año en ese científico juego. Mi dominio del francés es suficiente para permitirme derrochar el dinero en París casi tan fácilmente como en Londres. Resumiendo, soy alguien auténticamente dotado de cualidades masculinas. He tenido todo tipo de aventuras, incluyendo un duelo sin ningún motivo. Hace sólo dos meses, conocí a una joven exactamente conforme a mis gustos en cuerpo y en alma. Sentí que se me deshacía el corazón. Comprendí que me había llegado mi destino y que iba a enamorarme. Pero cuando fui a calcular lo que me quedaba de mi capital, encontré que ascendía a algo menos de ¡cuatrocientas libras! Yo les pregunto, sinceramente, ¿puede un hombre que se respete a sí mismo enamorarse con cuatrocientas libras? Me respondo: ciertamente, no. Abandoné el contacto con mi hechicera y, acelerando ligeramente el ritmo normal de mis gastos, llegué esta mañana a mis últimas ochenta libras. Las dividí en dos partes iguales: reservé cuarenta para un propósito concreto y dejé las restantes cuarenta para gastarlas antes de la noche. He pasado un día muy entretenido y he hecho muchas bromas además de la de las tartas de crema que me ha procurado el placer de conocerles; porque estaba decidido, como les he contado, a llevar una vida de loco a un final todavía más loco; y, cuando me han visto ustedes lanzar mi cartera a la calle, las últimas cuarenta libras se habían acabado. Ahora me conocen ustedes tan bien como me conozco yo mismo: un loco, pero coherente con su locura, y, como les pido que crean, no un quejoso ni un cobarde.

Toda la exposición del joven tenía un tono del cual se desprendía con certeza que albergaba una opinión despreciativa y amarga sobre sí mismo. Sus oyentes dedujeron que su asunto amoroso estaba más presente en su corazón de lo que él admitía y que tenía el propósito de quitarse la vida. La farsa de las tartas de crema empezaba a adquirir el aire de una tragedia disimulada.

—¿No es extraño —empezó Geraldine, lanzando una mirada al príncipe Florizel— que tres compañeros se hayan encontrado por el más puro accidente en este desierto enorme que es Londres, y que se encuentren prácticamente en la misma situación?

—¿Cómo? —exclamó el joven—. ¿También están ustedes arruinados? ¿Es esta cena una locura como mis tartas de crema? ¿Ha congregado el demonio a tres de los suyos para un último festejo?

—El demonio, depende en qué ocasiones, puede comportarse en verdad como un caballero —repuso el príncipe Florizel—. Me siento tan impresionado por esta coincidencia, que, puesto que no nos encontramos exactamente en el mismo caso, voy a acabar con esta diferencia. Que sea mi ejemplo su heroico comportamiento con las últimas tartas de crema.

Y, diciendo esto, el príncipe sacó su cartera y extrajo de él un pequeño manojo de billetes.

—Vea, me encontraba una semana aproximadamente detrás de usted, pero deseo alcanzarle para llegar codo con codo a la meta. Esto –prosiguió, depositando uno de los billetes sobre la mesa– alcanzará para la cuenta. Y el resto...

Lanzó los billetes a la chimenea, y desaparecieron en el fuego en una llamarada. El joven intentó detener su brazo, pero los separaba la mesa y su gesto llegó demasiado tarde.

–¡Desgraciado! –gritó–. ¡No debía haberlo quemado todo! ¡Debía haber guardado cuarenta libras!

–¡Cuarenta libras! –repitió el príncipe–. ¿Por qué cuarenta libras, por el amor de Dios?

–¿Por qué no ochenta? –inquirió el coronel–. Estoy seguro de que debía haber cien libras en esos billetes.

–Sólo necesitaba cuarenta libras –contestó el joven con tristeza– Sin ellas no hay admisión posible. La regla es estricta. Cuarenta libras cada uno. ¡Desgraciada vida, en la que no se puede ni morir sin dinero!

El príncipe y el coronel intercambiaron una mirada.

–Explíquese –dijo el último–. Tengo todavía una cartera bien provista y no necesito decir cuán dispuesto estoy a compartir mi riqueza con Godall. Pero debo conocer para qué fin; es preciso que nos explique usted a qué se refiere.

El joven pareció despertar. Miró con inquietud a uno y otro, y su rostro enrojeció.

–¿No se burlan ustedes de mí? –preguntó–. ¿Verdaderamente se encuentran tan arruinados como yo?

–Por mi parte, sí –respondió el coronel.

–También por la mía –aseguró el príncipe–. Le he dado a usted una prueba. ¿Quién, sino un hombre arruinado, tira sus billetes al fuego? La acción habla por sí misma.

–Un hombre arruinado..., sí –repuso el otro con sospecha–, o también un millonario.

–Basta, señor –dijo el príncipe–. He dicho algo y no estoy acostumbrado a que se ponga mi palabra en duda.

–¿Arruinados? –volvió a decir el joven–. ¿Arruinados como yo? ¿Han llegado, tras una vida de molicie, al punto en que sólo pueden concederse un último deseo? ¿Van ustedes –bajó la voz y continuó–, van ustedes a darse ese deseo?

¿Quieren evitar las consecuencias de su locura por el único camino, fácil e infalible? ¿Huirán del juicio de la conciencia por la única puerta que queda abierta?

Súbitamente, se interrumpió e intentó reír.

—¡Aquí, a su salud! —gritó, levantando la copa y bebiendo—. ¡Y buenas noches, mis queridos amigos arruinados!

El coronel Geraldine le agarró del brazo cuando estaba a punto de levantarse.

—No confía usted en nosotros —dijo— y se equivoca. Yo contesto afirmativamente a todas sus preguntas. Pero no soy tan tímido y puedo hablar llanamente en el inglés de la reina. También nosotros, como usted, estamos hartos de la vida y hemos decidido morir. Más tarde o más temprano, solos o juntos, queremos ir en busca de la muerte y desafiarla donde se encuentre. Puesto que le hemos encontrado a usted, y su caso es más urgente, que sea esta noche —y en seguida— y, si lo desea, los tres juntos. Este trío sin un penique —gritó— ¡debe ir del brazo a los umbrales de Plutón, y darse apoyo unos a otros entre las sombras!

Geraldine había acertado exactamente en el tono y los modales que correspondían a la parte que representaba. El mismo príncipe se inquietó y miró a su confidente con una sombra de duda. En cuanto al joven, el rubor le adoró a las mejillas y sus ojos destellaron con una brillante luz.

—¡Ustedes son los hombres que buscaba! —gritó, con extraordinaria alegría—. ¡Choquemos los cinco! —su mano estaba fría y húmeda—. ¡No saben en qué compañía inician el camino! ¡No saben en qué feliz momento para ustedes comieron mis tartas de crema! Soy sólo un soldado, pero formo parte de un ejército. Conozco la puerta secreta de la Muerte. Soy uno de sus familiares y puedo mostrarles la eternidad sin ceremonias y sin escándalos.

Los otros le pidieron que se explicase.

—¿Pueden ustedes reunir ochenta libras entre los dos? —les preguntó él.

Geraldine consultó su billetero con ostentación y respondió afirmativamente.

—¡Afortunados seréis! —exclamó el joven—. Cuarenta libras es el precio de la entrada en el Club de los Suicidas.

—¿El Club de los Suicidas? —preguntó el príncipe—. ¿Qué demonios es eso?

—Escuchen —dijo el joven—. Ésta es la época de los servicios y tengo que hablarles de lo más perfecto que hay al respecto. Tenemos intereses en distintos sitios y, por este motivo, se inventaron los trenes. Los trenes nos separan, inevitablemente, de nuestros amigos, y por ello se inventaron los telégrafos para que pudiéramos comunicarnos rápidamente a grandes distancias. Incluso en los hoteles tenemos ahora ascensores para ahorrarnos la subida de unos cientos de escaleras. Ahora bien, sabemos que la vida es sólo un escenario para hacer el loco hasta tanto el papel nos divierta. Había un servicio más que faltaba a la comodidad moderna: una manera decente, fácil, de abandonar el escenario; las escaleras traseras a la libertad; o, como he dicho hace un momento, la puerta secreta de la Muerte. Esto, mis dos rebeldes compañeros, es lo que proporciona el Club de los Suicidas. No supongan que estamos solos, ni que somos excepcionales en el muy razonable deseo que experimentamos. Un gran número de semejantes nuestros, que se han cansado profundamente del papel que se esperaba que representaran diariamente y a lo largo de toda su vida, se abstienen de la huida final por una o dos consideraciones. Algunos tienen familias que se avergonzarían y hasta se sentirían culpadas si el asunto se hiciera público; a otros les falta valor y retroceden ante las circunstancias de la muerte. Hasta cierto punto, ése es mi caso. No puedo ponerme una pistola en la cabeza y apretar el gatillo. Algo más fuerte que yo mismo impide la acción; y, aunque detesto la vida, no tengo fuerza material suficiente para abrazar la muerte y acabar con todo. Para la gente como yo, y para todos los que desean salir de la espiral sin escándalo póstumo, se ha inaugurado el Club de los Suicidas.

No estoy informado de cómo se ha organizado, cuál es su historia, ni qué ramificaciones puede tener en otros países; y de lo que sé sobre sus estatutos, no me hallo en libertad de comunicárselo. Sin embargo, puedo ponerme a su servicio. Si de verdad están cansados de la vida, le presentaré esta noche en una reunión; y si no es esta noche, cuando menos en una semana serán ustedes liberados de su existencia con facilidad. Ahora son —consultó su reloj— las once. A las once y media, a más tardar debemos salir de aquí, de manera que tienen ustedes media hora para considerar mi propuesta. Es algo más serio que una tarta de crema —añadió, con una sonrisa—, y sospecho que más apetitoso.

—Sin dudas es más serio —repuso el coronel Geraldine—, y como lo es mucho más, le pido que me permita hablar cinco minutos en privado con mi amigo el señor Godall.

—Nada más justo —respondió el joven—. Si me lo permiten, me retiraré.

—Es usted muy amable —dijo el coronel.

—¿Para qué quería esta conversación privada, Geraldine? —inquirió el príncipe no bien quedaron solos—. Le veo a usted muy agitado mientras que yo ya me he decidido tranquilamente. Quiero ver el final de todo esto.

—Su Alteza —dijo el coronel, palideciendo—, permítame pedirle que considere la importancia de su vida; no sólo para sus amigos sino para el interés público. Este loco ha dicho: "Si no es esta noche"; pero suponga que esta noche se abatiese sobre su Altísima persona un desastre irreparable que, permítame decírselo, sería mi desesperación. Imagine el dolor y el perjuicio de un gran país.

—Quiero ver el final de esto —repitió el príncipe en su tono más firme—, y tenga la amabilidad, coronel Geraldine, de recordar y respetar el honor de su palabra de caballero. Bajo ninguna circunstancia, le recuerdo, ni sin mi especial autorización, debe usted traicionar el incógnito que he elegido adoptar. Éstas fueron mis órdenes, que ahora le reitero. Y ahora —finalizó—, le ruego que pida la cuenta.

El coronel Geraldine se inclinó en un gesto de acatamiento, pero su semblante estaba muy pálido cuando llamó al joven de las tartas de crema y dio las instrucciones al camarero del restaurante. El príncipe mantenía su apariencia imperturbable y describió al joven suicida una comedia que había visto en el Palais Royal con buen humor y con entusiasmo. Evitó con diplomacia las miradas suplicantes del coronel y eligió otro puro con más cuidado del habitual. En verdad era el único de los tres que guardaba la serenidad.

Pagaron la cuenta del restaurante, el príncipe dejó todo el cambio al sorprendido camarero y partieron tras tomar un coche de alquiler. No estaban lejos y no tardaron en descender en la entrada de un callejón oscuro.

Geraldine pagó al cochero y el joven se volvió al príncipe Florizel y le dijo:

—Todavía está usted a tiempo de escapar y retornar a la esclavitud, señor Godall. Y lo mismo usted, mayor Hammersmith. Mediten antes de seguir avanzando, y si su corazón se niega, están en el momento de decidir.

—Muéstrenos el camino, señor —pidió el príncipe—. No soy hombre que incumpla sus palabras.

—Su serenidad me tranquiliza —contestó el guía—. No he visto nunca a nadie tan seguro en este trance, y no es usted la primera persona que acompaño aquí. Más de un amigo mío se me ha adelantado al lugar adonde no voy a tardar en seguirlos. Pero esto no es de su interés. Aguárdenme aquí sólo unos momentos. Volveré en cuanto haya arreglado las cosas para su presentación.

Y, con estas palabras, el joven saludó con la mano a sus compañeros, se dio la vuelta, abrió una puerta y desapareció tras ella.

—De todas nuestras locuras —dijo el coronel Geraldine en voz baja—, ésta es la más salvaje y la más peligrosa.

—Estoy completamente de acuerdo —asintió el príncipe.

—Todavía tenemos un momento para nosotros —prosiguió el coronel—. Déjeme insistir a su Alteza en que aprovechemos esta oportunidad y nos retiremos. Las consecuencias de este paso son tan oscuras y puede, también, que tan graves, que me siento justificado para traspasar un poco la habitual confianza que su Alteza condesciende a permitirme en privado.

–¿Debo entender que el coronel Geraldine está atemorizado? –inquirió su Alteza, quitándose el puro de la boca y mirando penetrantemente el rostro de su amigo.

–Ciertamente, mi temor no es personal –aseguró el coronel, con orgullo–. Es el de que su Alteza esté seguro.

–Lo había supuesto así –repuso el príncipe, con su imperturbable buen humor–, pero no deseo recordarle la diferencia de nuestras posiciones. ¡Basta! –añadió, viendo que Geraldine iba a disculparse–. Está usted excusado.

Y continuó fumando plácidamente, apoyado contra una verja, hasta que volvió el joven.

–Bien –preguntó–, ¿se ha solucionado ya nuestro recibimiento?

–Síganme –fue la respuesta–. El presidente los recibirá en su despacho. Y déjenme advertirles que deben ser francos en sus respuestas. Yo los he avalado, pero el club exige efectuar una investigación completa antes de proceder a una admisión, pues la indiscreción de uno solo de los miembros significaría la disolución de la sociedad para siempre.

El príncipe y Geraldine se inclinaron para hablar entre ellos un momento. "Respáldeme en esto", dijo uno; "respáldeme usted en esto", pidió el otro. Y como ambos representaban con audacia el papel de gentes que conocían, se pusieron de acuerdo en seguida y pronto estuvieron dispuestos a seguir a su guía hasta el despacho del presidente.

No había grandes obstáculos que traspasar. La puerta de la calle estaba abierta y la del despacho, entreabierta. Entraron en un salón pequeño, pero muy alto, y el joven volvió a dejarlos solos.

–Estará aquí inmediatamente –dijo, con un movimiento de cabeza, mientras se marchaba.

Por unas puertas plegables que había en un extremo del salón, les llegaron claramente unas voces desde el despacho.

De vez en cuando, el ruido del descorchar de una botella de champagne, seguido de un estallido de grandes risas,
se introducía entre los murmullos de la conversación. Una
pequeña y única ventana se asomaba sobre el río y los mue-
lles y, por la disposición de las luces que veían, juzgaron que
no se encontraban lejos de la estación de Charing Cross.
Había pocos muebles y estaban forrados con telas muy des-
gastadas, y no había nada que pudiera moverse, a excepción
de una campanilla de plata que estaba en el centro de una
mesa redonda y de muchos abrigos y sombreros que colgaban de unos ganchos dispuestos en las paredes.

—¿Qué clase de guarida es ésta? —preguntó el coronel
Geraldine.

—Eso es lo que hemos venido a averiguar —repuso el príncipe—. Si esconden demonios de verdad, la cosa puede hacerse muy divertida.

En ese preciso instante, la puerta plegable se entreabrió
sólo lo necesario para dar paso a una persona. Entre el rumor
más audible de las conversaciones, entró en el despacho el
temible presidente del Club de los Suicidas. Era un hombre de unos cincuenta años pasados, alto y expansivo en su
andar, con unas grandes patillas y una calva en la coronilla,
y con unos ojos grises y velados que, sin embargo, deste-
llaban de tanto en tanto. Fumaba un gran puro, mientras
movía continuamente la boca arriba y abajo y de un lado a
otro, y observó a los recién llegados con mirada fría y sagaz.
Llevaba un traje claro de tweed, una camisa a rayas con el
cuello abierto y, debajo del brazo, un libro de actas.

—Buenas noches —dijo, después de cerrar la puerta a sus
espaldas—. Me han dicho que desean ustedes hablar conmigo.

—Estamos interesados, señor, en ingresar en el Club de los
Suicidas —dijo el coronel Geraldine.

El presidente dio unas vueltas al puro que llevaba en la boca.

—¿Qué es eso? —preguntó, bruscamente.

—Discúlpeme —repuso el coronel—. Pero creo que usted es la
persona más cualificada para darnos información sobre esto.

–¿Yo? –exclamó el presidente–. ¿Un Club de Suicidas? Vamos, vamos, eso es una broma del día de los Inocentes. Puedo disculpar que un caballero se alegre un poco pasándose con el licor, pero acabe ya con esto.

–Llame a su Club como usted quiera –insistió el coronel–. Tras esa puerta hay algunos compañeros con usted, y deseamos unirnos a ellos.

–Señor –replicó el presidente secamente–, está usted en un error. Esto es una casa particular y debe usted abandonarla inmediatamente.

El príncipe había permanecido en silencio en su asiento durante esta breve conversación, pero cuando el coronel volvió la vista hacia él, como diciéndole: "Ahí tiene su respuesta, vámonos, ¡por el amor de Dios!", se quitó de la boca el habano que fumaba y empezó a hablar.

–Hemos venido aquí –dijo– invitados por uno de sus amigos, que, sin duda, le ha informado de las intenciones con que me presento en su reunión. Permítame recordarle que una persona en mis circunstancias tiene poco ya por lo que contenerse y es muy probable que no tolere en absoluto la mala educación. Habitualmente soy un hombre tranquilo, pero, señor mío, creo que va usted a complacerme en el asunto del que sabe que hablamos o se arrepentirá amargamente de habernos admitido en su antecámara.

El presidente se echó a reír con ganas.

–Ésa es la manera de hablar. Es usted un hombre de verdad. Ha sabido agradarme y podrá hacer conmigo lo que quiera. ¿Le importaría –prosiguió, dirigiéndose a Geraldine–, le importaría aguardar fuera unos minutos? Trataré el asunto primero con su compañero y algunas formalidades del club han de determinarse en privado.

Mientras hablaba, abrió la puerta de un pequeño cuarto contiguo en el que introdujo al coronel.

–Usted me inspira confianza –se dirigió a Florizel, no bien quedaron solos–, pero ¿está usted seguro de su amigo?

102 | Robert L. Stevenson

–No tanto como de mí mismo, aunque tiene razones de más peso que yo –respondió Florizel–, pero sí lo bastante seguro como para traerlo aquí sin preocupación. Le han ocurrido cosas suficientes para apartar de la vida al hombre más tenaz. El otro día le dieron de baja por hacer trampas en el juego.

–Una buena razón, sí, diría yo –asintió el presidente–. Cuando menos, uno de nuestros socios se halla en el mismo caso y respondo de él. ¿Me permite preguntarle si también usted ha servido en el ejército?

–Lo hice –fue la respuesta–, pero era demasiado vago y lo dejé pronto.

–¿Cuáles son sus motivos para haberse cansado de la vida? –prosiguió el presidente.

–La misma, en lo que puedo distinguir –contestó el príncipe–: una holgazanería irredimible.

El presidente dio un respingo.

–¡Caramba! Debe usted tener un motivo mejor.

–Estoy arruinado –añadió Florizel–. Lo cual, sin duda, es también una vejación que contribuye a llevar mi holgazanería a su punto máximo.

El presidente dio vueltas al puro en la boca durante unos instantes, clavando sus ojos en los de aquel extraño recién llegado, pero el príncipe soportó su examen con absoluta imperturbabilidad.

–Si no tuviera la gran experiencia que tengo –dijo por último el presidente–, no le aceptaría. Pero conozco el mundo y he aprendido que las razones más frívolas para un suicidio acostumbran a ser las firmes. Además, cuando alguien me resulta simpático, como usted, señor, prefiero saltarme los reglamentos que rechazarlo.

Uno tras otro, el príncipe y el coronel fueron sometidos a un largo y particular interrogatorio: el príncipe, en privado, pero Geraldine en presencia del príncipe, de modo que el presidente pudiera observar el semblante de uno mientras interrogaba en profundidad al otro. El resultado fue satisfactorio, y el presidente, tras haber anotado en el registro algunos detalles particulares de cada caso, les presentó un formulario de juramento que debían aceptar. No podía concebirse nada más pasivo que la obediencia que se aseguraba ni términos más estrictos a los que se obligaba el juramentado. El hombre que traicionase una promesa tan terrible difícilmente encontraría el amparo del honor o los consuelos de la religión. Florizel firmó el documento, no sin un estremecimiento, y el coronel siguió su ejemplo con expresión muy deprimida. Entonces el presidente les cobró la cuota de ingreso y sin más dilación los introdujo en el salón de fumar del Club de los Suicidas.

El lugar tenía la misma altura que el despacho con el que se comunicaba, pero era mucho más grande y sus paredes estaban cubiertas de arriba abajo por unos paneles que imitaban el roble. Un gran fuego que ardía en la chimenea y varias lámparas de gas iluminaban la reunión. El príncipe y su acompañante contaron dieciocho personas. La mayoría fumaban y bebían champagne; reinaba un alboroto febril que de tanto en tanto interrumpían unas pausas súbitas y oscuras.

—¿Es una reunión muy concurrida? —inquirió el príncipe.

—A medias —respondió el presidente—, por cierto, si tienen algo de dinero, es costumbre invitar el champagne. Contribuye a mantener alto el ánimo y, además, es uno de los pocos beneficios de la casa.

—Hammersmith —indicó Florizel—, le encargo el champagne a usted.

Se dio la vuelta y empezó a introducirse entre los presentes. Acostumbrado a hacer de anfitrión en los círculos más selectos, pronto sedujo y dominó a todos a quienes conocía; había algo a la vez cordial y autoritario en sus modales y su extraordinaria serenidad y sangre fría le conferían otro rasgo de distinción en aquel grupo casi enloquecido. Mientras se dirigía de unos a otros, observaba y escuchaba con atención y pronto se hizo una idea general de la clase de gente entre la que se encontraba. Como en todas las reuniones, predo-

minaba una clase de gente: eran hombres muy jóvenes, con
aspecto de gran sensibilidad e inteligencia, pero con míni-
mas muestras de la fortaleza y las cualidades que conducen
al éxito. Pocos eran mayores de treinta años y bastantes acababan de cumplir los veinte. Estaban de pie, apoyados en las
mesas, y movían nerviosamente los pies; a veces fumaban
con gran ansiedad y a veces dejaban consumirse los ciga-
rros; algunos hablaban bien, pero otros conversaban sin sentido ni propósito, sólo por pura tensión nerviosa. Cuando
se abría una nueva botella de champagne, aumentaba otra
vez la animación. Sólo dos hombres permanecían sentados.
Uno, en una silla situada junto a la ventana, con la cabeza
baja y las manos hundidas en los bolsillos del pantalón; pálido, visiblemente empapado en sudor, y en completo silencio,
era la viva representación de la ruina más profunda de cuerpo y alma. El otro estaba sentado en un diván, cerca de la
chimenea, y llamaba la atención por una marcada diferencia
respecto a todos los demás. Probablemente se acercaría a
los cuarenta años, pero parecía al menos diez años mayor.
Florizel pensó que jamás había visto a un hombre de físi-
co más horrendo ni más desfigurado por los estragos de la
enfermedad y los vicios. No era más que piel y huesos, estaba parcialmente paralizado, y llevaba unos lentes tan gruesos que los ojos se veían tras ellos increíblemente enormes y
deformados. Exceptuando al príncipe y al presidente, era la
única persona de la reunión que conservaba la compostura
de la vida normal.

Los miembros del club no parecían caracterizarse por
la decencia. Algunos presumían de acciones deshonrosas,
cuyas consecuencias les habían inducido a buscar refugio
en la muerte, mientras el resto atendía sin ninguna desa-
probación. Había un entendimiento tácito de rechazo de
los juicios morales; y todo el que traspasaba las puertas del
club disfrutaba ya de algunos de los privilegios de la tumba.
Brindaban entre sí a la memoria de los otros y de los famosos
suicidas del pasado. Explicaban y comparaban sus diferentes

visiones de la muerte; algunos declaraban que no era más que oscuridad y cesación; otros albergaban la esperanza de que, esa misma noche, escalarían las estrellas y conversarían con los muertos más ilustres.

—¡A la eterna memoria del barón Trenck, ejemplo de suicidas! —gritó uno—. Pasó de una celda pequeña a otra más pequeña, para poder alcanzar al fin la libertad.

—Por mi parte —dijo un segundo—, sólo deseo una venda para los ojos y algodón para los oídos. Sólo que no hay algodón lo bastante grueso en este mundo.

Un tercero quería averiguar los misterios de la vida futura y un cuarto aseguraba que nunca se hubiera unido al club si no le hubieran inducido a creer en Darwin.

—Me resulta intolerable la idea de descender de un mono —afirmaba aquel curioso suicida.

El príncipe se sintió decepcionado por el comportamiento y las conversaciones de los miembros del club. "No me parece un asunto para tanto alboroto —pensó—. Si un hombre ha decidido matarse, déjenle hacerlo como un caballero, ¡por Dios! Tanta charlatanería y tanta alharaca están fuera de lugar".

Entre tanto, el coronel Geraldine era presa de los más oscuros temores; el club y sus reglas eran todavía un misterio, y miró por la habitación buscando a alguien que pudiera tranquilizarle. En este recorrido, sus ojos se posaron en el paralítico de los lentes gruesos. Al verlo tan sereno, buscó al presidente, que entraba y salía de la habitación cumpliendo sus tareas, para pedirle que le presentara al caballero sentado en el diván. El presidente le explicó que tal formalidad era innecesaria entre los miembros del club, pero le presentó al señor Malthus.

El señor Malthus miró al coronel con curiosidad y le ofreció tomar asiento a su derecha.

—¿Es usted un miembro nuevo —dijo— y desea información? Ha llegado a la fuente adecuada. Llevo dos años frecuentando este club encantador.

El coronel recuperó la calma. Si el señor Malthus frecuentaba el lugar desde hacía dos años, el peligro para el príncipe no podía ser mucho en una sola noche. Pero Geraldine continuaba asombrado y empezó a pensar que todo aquello era un misterio.

—¿Cómo? —exclamó— ¿Dos años? Yo creía... bien, creo que me han gastado una broma.

—De ningún modo —dijo con calma el señor Malthus—. Mi caso es especial. Para ser exacto, no soy un suicida, sino algo así como un socio honorario. Raramente vengo al club más de un par de veces cada dos meses. Mi enfermedad y la amabilidad del presidente me han procurado estos pequeños privilegios por los que, además, pago una cantidad suplementaria. He tenido una suerte extraordinaria.

—Me temo —dijo el coronel—, que debo pedirle que sea más explícito. Recuerde que todavía no conozco muy bien las reglas del club.

—Un socio normal, que acude aquí en busca de la muerte como usted —explicó el paralítico—, viene cada noche hasta que la suerte le favorece. Incluso, si están arruinados, pueden solicitar alojamiento y comida al presidente: algo muy agradable y limpio, según creo, aunque, por supuesto, nada de lujos; sería difícil si consideramos lo exiguo (si puedo expresarme así) de la suscripción. Y además la compañía del presidente ya es en sí misma un regalo.

—¿De veras? —exclamó Geraldine—. Yo no he tenido esa impresión.

—¡Oh! No conoce usted al hombre —dijo el señor Malthus—, es el tipo más divertido. ¡Qué anécdotas! ¡Qué cinismo! Es admirable lo que sabe de la vida y, entre nosotros, es probablemente el pícaro más grande de la Cristiandad.

¿Y también es permanente, como usted, si puedo preguntarlo sin ofenderle? —inquirió el coronel.

—Sí, es permanente es un sentido bastante diferente al mío —respondió el señor Malthus—. Yo he sido graciosamente apartado de momento, pero al final tendré que partir.

Él no juega nunca. Baraja, parte y reparte para el club, y se ocupa de solucionarlo todo. Este hombre, mi querido señor Hammersmith, es el verdadero espíritu del ingenio. Lleva tres años desarrollando en Londres su vocación, tan beneficiosa y, me atrevería a decir, incluso artística, y no se ha levantado el menor murmullo de sospecha. Personalmente, opino que es un hombre con inspiración. Sin duda recordará usted el célebre caso, ocurrido hace seis meses, del caballero que se envenenó accidentalmente en una farmacia, ¿verdad? Pues fue una de sus ideas menos ricas y menos osadas; ¡cuán sencillo y cuán seguro!

—Me deja usted atónito —dijo el coronel—. ¡Que ese desgraciado caballero fuera una de las... —estuvo a punto de decir "víctimas", pero se contuvo a tiempo— los socios del club...

En el mismo pensamiento le vino a la mente, como un relámpago, que el señor Malthus no había hablado en absoluto con el tono del que está enamorado de la muerte, y añadió, apresuradamente:

—Pero sigo en la más completa oscuridad. Habla usted de barajar y repartir cartas, ¿con que finalidad? y usted me parece tan poco deseoso de morir como todo el mundo, por lo que le confieso que no imagino qué es lo que le trae a usted aquí.

—En verdad no comprende usted nada —replicó el señor Malthus, más animadamente—. Mi querido señor, este club es el templo de la embriaguez. Si mi delicada salud pudiera soportar esta excitación más a menudo, puede estar seguro de que vendría con más frecuencia. Debo recurrir al sentido del deber que me ha desarrollado la costumbre de la enfermedad y el régimen más estricto para evitar los excesos, y puedo decir que el club es mi último vicio. Los he probado todos, señor —continuó, poniendo la mano sobre el hombro de Geraldine—, todos sin excepción, y le aseguro, bajo mi palabra de honor, que no hay ni uno que no se haya sobreestimado grotesca y falsamente. La gente juega al amor. Pues bien, yo niego que el amor sea una profunda pasión. El miedo es la pasión profunda; es con el miedo con lo que debe usted jugar si desea saborear las alegrías más intensas de la vida. Envídieme, envídieme, señor –acabó con una risita–, ¡soy un cobarde!

Geraldine apenas pudo reprimir un movimiento de repulsión ante aquel deplorable individuo, pero se contuvo con un esfuerzo y prosiguió con sus preguntas:

–¿Y cómo, señor –inquirió–, se prolonga tanto tiempo esa excitación? ¿Dónde está el elemento de incertidumbre?

–Voy a contarle cómo se elige a la víctima de cada noche –repuso el señor Malthus–, y no sólo a la víctima, sino a otro miembro del club, que será el instrumento en manos del club y el sumo sacerdote de la muerte en esa ocasión.

–¡Santo Dios! –exclamó el coronel–. Entonces, ¿se matan unos a otros?

–Los problemas del suicidio se solucionan de este modo –asintió Malthus, con un movimiento de cabeza.

–¡Dios Misericordioso! –casi oró el coronel–. ¿Y puede usted... puedo yo... mi amigo... cualquiera de nosotros ser elegido esta noche como asesino del cuerpo y el alma inmortal de otro hombre? ¿Son posibles tales cosas en hombres nacidos de mujer? ¡Oh! ¡Infamia de infamias!

Estaba a punto de levantarse en su horror cuando vio los ojos del príncipe. Lo miraba fijamente desde el otro extremo de la habitación frunciendo el ceño y con aire de enfado. Geraldine recuperó su compostura en un momento.

–Después de todo –añadió–, ¿por qué no? Y puesto que usted dice que el juego es interesante, *vogue la galére*, ¡sigo al club!

El señor Malthus había disfrutado con el asombro y la indignación del coronel. Tenía la vanidad de los perversos y le gustaba ver cómo otro hombre se dejaba llevar por un impulso generoso mientras él, en su absoluta corrupción, se sentía por encima de tales emociones.

–Ahora –dijo–, tras su primer momento de sorpresa, está usted en situación de apreciar las delicias de nuestra sociedad. Ya ve cómo se combinan la excitación de la mesa de juego, el duelo y el anfiteatro romano. Los paganos lo hacían bastante bien; admiro sinceramente el refinamiento de su mente; pero se ha reservado a un país cristiano el alcanzar este extremo, esta quintaesencia, este absoluto de la intensidad. Ahora comprenderá qué insípidas resultan todas las diversiones para un hombre que se ha acostumbrado al sabor de ésta. El juego que practicamos –prosiguió– es de una extrema sencillez. Una baraja completa... Pero veo que observará usted la cosa en directo. ¿Me prestaría usted su brazo? Por desgracia, estoy paralizado.

En efecto, justo cuando el señor Malthus iniciaba su descripción, se abrió otra puerta plegable y todos los miembros del club pasaron a la habitación contigua, no sin alguna precipitación. Era igual, en todos los aspectos, a la que acababan de dejar, aunque decorada de modo diferente. Ocupaba el centro una larga mesa verde, a la cual se hallaba sentado el presidente barajando un mazo de cartas con gran parsimonia. Aun con el bastón del brazo del coronel, el señor Malthus caminaba con tanta dificultad que todo el mundo estaba ya sentado antes de que los dos hombres, y el príncipe, que los había esperado, entraran en la habitación. En consecuencia, los tres se sentaron juntos en el extremo último de la mesa.

–Es una baraja de cincuenta y dos cartas –susurró el señor Malthus–. Vigile el as de espadas, que es la carta de la muerte, y el as de bastos, que designa al oficial de la noche. ¡Ah, felices, felices jóvenes! –añadió–, tienen ustedes buena vista y pueden seguir el juego. ¡Ay! Yo no distingo un as de una dama al otro lado de la mesa.

Y acto seguido se puso un segundo par de anteojos.

–Al menos puedo ver las caras –explicó.

El coronel informó rápidamente a su amigo de todo lo que había aprendido de aquel miembro honorario y de la terrible alternativa que se les presentaba. El príncipe notó un escalofrío mortal y una punzada en el corazón. Tragó saliva con dificultad y miró en derredor como perplejo.

–Una jugada arriesgada –murmuró el coronel– y aún estamos a tiempo de escapar.

Sin embargo, la sugerencia hizo al príncipe recuperar el ánimo.

–Silencio –dijo–. Muéstreme que sabe usted jugar como un caballero cualquier apuesta, por seria y alta que sea.

Luego miró a su alrededor, conservando un semblante de absoluta naturalidad a pesar de que el corazón le latía con fuerza y un calor le quemaba el pecho. Todos los socios permanecían en silencio y atentos; alguno había palidecido, pero ninguno estaba tan pálido como el señor Malthus. Los ojos le salían de las órbitas, movía la cabeza arriba y abajo sin darse cuenta y se llevaba las manos, alternativamente, a la boca, para cubrirse los labios, temblorosos y cenicientos. Estaba claro que el miembro honorífico gozaba de su condición de miembro de manera muy sorprendente.

–Atención, caballeros –solicitó el presidente.

Y empezó a repartir las cartas lentamente por la mesa en dirección inversa, deteniéndose hasta que cada hombre había mostrado su carta. Casi todos dudaban; y a veces los dedos de algún jugador tropezaban repetidamente en la mesa antes de dar vuelta el terrible rectángulo de cartulina. Cuando se acercaba su turno, el príncipe sintió una creciente y sofocante excitación, pero había en él algo de la naturaleza del jugador y reconoció, casi con asombro, cierto placer en aquellas sensaciones. Le cayó el nueve de bastos; a Geraldine le enviaron el tres de espadas y la reina de corazones al señor Malthus, que no fue capaz de reprimir un sollozo de alivio. Casi a continuación, el joven de las tartas de crema dio la vuelta al as de bastos. Quedó helado de horror, con la carta todavía entre los dedos. No había llegado a ese lugar a matar sino a ser matado, y el príncipe, en la generosa simpatía que sentía por el joven, estuvo a punto de olvidar el peligro que todavía se cernía sobre él y su compañero.

El reparto empezaba a dar la vuelta otra vez y la carta de la Muerte todavía no había salido. Los jugadores contenían el aliento y respiraban en suaves jadeos. El príncipe recibió otro basto; Geraldine, una de oros; pero cuando el señor Malthus volvió la suya, un ruido horrible, como el de algo rompiéndose, le salió de la boca; y se puso en pie y volvió a sentarse sin la menor señal de su parálisis. Era el as de espadas. El miembro honorario había jugado demasiado a menudo con su terror.

La conversación se reanudó casi al momento. Los jugadores abandonaron sus posturas rígidas, se relajaron y empezaron a levantarse de la mesa y a volver, en grupos de dos o tres, al salón de fumar. El presidente estiró los brazos y bostezó, como el hombre que ha acabado su trabajo del día. Pero el señor Malthus continuaba sentado en su sitio, con la cabeza entre las manos, sobre la mesa, ebrio e inmóvil... parecía un objeto destruido.

El príncipe y Geraldine escaparon sin perder un instante. En el frío aire de la noche, su horror por lo que habían presenciado se duplicó.

—¡Ay! —exclamó el príncipe—. ¡Estar ligado por juramento a un asunto así! ¡Permitir que prosiga, impunemente y con beneficios, este comercio al por mayor de asesinatos! ¡Si me atreviera a romper mi juramento!

—Eso es imposible para su Alteza —observó el coronel—, cuyo honor es el honor de Bohemia. Pero yo sí me atrevo, y puede que con decencia, a quebrantar el mío.

—Geraldine —dijo el príncipe—, si su honor sufriera en cualquiera de las aventuras en que usted me sigue no sólo no le perdonaría nunca, sino que no me lo perdonaría a mí mismo. Y creo que le afectaría mucho más.

—Recibo las órdenes de su Alteza —repuso el coronel—. ¿Nos vamos de este maldito lugar?

—Sí —dijo el príncipe—. Llame un simón, por el amor del cielo, y trataré de olvidar en el sueño el recuerdo de esta noche desgraciada.

Pero fue evidente que el príncipe leyó con atención el nombre de la calle antes de alejarse.

A la mañana siguiente, tan pronto como el príncipe se despertó, el coronel Geraldine le trajo el periódico, con la siguiente nota señalada:

TRÁGICO ACCIDENTE
Esta pasada madrugada, hacia las dos, el señor Bartholomew Malthus, residente en 16, Chepstow Place, Westbourne Grove, al regreso a su casa de una fiesta en casa de unos amigos, cayó del parapeto superior de Trafalgar Square, fracturándose el cráneo, así como una pierna y un brazo. Murió de forma instantánea. El señor Malthus, a quien acompañaba un amigo, se encontraba en el momento del infortunado suceso buscando un coche de alquiler. El señor Malthus era paralítico y se cree que la caída pudo deberse a un síncope. El infortunado caballero era bien conocido en los más respetables círculos y su pérdida será profundamente llorada.

—Si alguna vez un alma ha ido derecho al infierno —dijo con solemnidad Geraldine—, ha sido el alma del paralítico.

El príncipe enterró el rostro entre las manos y guardó silencio.

—Casi estoy contento de que haya muerto —siguió hablando el coronel—. Pero confieso que me duele el corazón por nuestro joven amigo de las tartas de crema.

—Geraldine —dijo el príncipe, alzando el rostro—, ese infeliz muchacho era anoche tan inocente como usted y como yo; y esta mañana tiene el alma teñida de sangre. Cuando pienso en el presidente, mi corazón enferma dentro de mí. No sé cómo lo haré, pero tendré a ese canalla en mis manos como hay Dios en el cielo. ¡Qué experiencia y qué lección fue ese juego de cartas!

—No debe repetirse nunca —dijo el coronel.

El príncipe permaneció tanto rato sin responder que Geraldine empezó a alarmarse.

–No intente usted volver allá –dijo–. Ya ha sufrido y visto demasiados horrores. Los deberes de su alta posición le prohíben arriesgarse al azar.

–Es muy cierto lo que dice –aseguró el príncipe Florizel– y a mí mismo no me agrada mi decisión. ¡Ay! ¿Qué hay bajo las ropas de los poderosos, más que un hombre? Nunca sentí mi debilidad más agudamente que ahora, Geraldine, pero es algo más fuerte que yo. ¿Puedo acaso desentenderme de la suerte del infeliz joven que cenó con nosotros hace unas horas? ¿Puedo dejar al presidente seguir su nefasta carrera sin impedimento? ¿Puedo iniciar una aventura tan fascinante y no continuarla hasta el final? No, Geraldine, demanda usted del príncipe más que lo puede dar el hombre. Iremos esta noche a sentarnos de nuevo a la mesa del Club de los Suicidas.

El coronel Geraldine se puso de rodillas.

–¿Quiere su Alteza tomar mi vida? –exclamó–. Tómela, pues es suya, pero no me pida que le apoye en una empresa con riesgo tan horrible.

–Coronel Geraldine –respondió el príncipe con altivez–, su vida le pertenece sólo a usted. Lo único que pido es obediencia, y si se me ofrece a desgana, ya no la pediré. Añado sólo unas palabras: su importunidad en esta cuestión ya ha sido suficiente.

El caballerizo mayor se incorporó al momento.

–Su Alteza –dijo–, ¿puedo quedar excusado de mi servicio esta tarde? No me atrevo, como hombre honorable que soy, a aventurarme por segunda vez en esa casa fatídica hasta que haya puesto orden en mis propios asuntos. Le prometo que Su Alteza no volverá a encontrar más oposición en el más devoto de sus servidores.

–Mi querido Geraldine –dijo el príncipe Florizel–, siempre lamento que me obligue usted a recordarle mi rango. Disponga del día como lo considere más conveniente, pero esté aquí antes de las once con el mismo disfraz.

El club no estaba tan concurrido en aquella segunda noche; cuando el príncipe y Geraldine llegaron, apenas había media docena de personas en la sala de fumar. Su Alteza llevó aparte al presidente y le felicitó calurosamente por el fallecimiento del señor Malthus.

—Siempre me gusta encontrar eficacia —dijo—, y ciertamente hallo mucha en usted. Su profesión es de una naturaleza muy delicada, pero veo que está usted cualificado para conducirla con éxito y discreción.

El presidente se sintió bastante afectado por los elogios de alguien tan distinguido como el príncipe y los aceptó casi con humildad.

—¡Pobre Malthy! —dijo—. El club me resulta casi extraño sin él. La mayoría de mis clientes son muchachos, mi querido señor, poéticos muchachos, que no son compañía para mí. No es que Malthy no sintiera cierta poesía, también, pero era del tipo que yo podía comprender.

—Entiendo perfectamente que sintiera usted simpatía por el señor Malthus —repuso el príncipe—. Me pareció un hombre con un carácter muy original.

El joven de las tartas de crema estaba en el salón, pero profundamente deprimido y silencioso. Sus amigos lucharon en vano por entablar una conversación con él.

—¡Cuán amargamente deseo que no les hubiera traído nunca a este infame lugar! —exclamó—. Marchen ahora, mientras sus manos permanecen limpias. ¡Si hubieran oído gritar al viejo cuando cayó y el ruido de sus huesos al chocar contra el pavimento! Si tienen compasión por un ser tan caído, ¡deséenme el as de espadas para esta noche!

Mientras la noche avanzaba, llegaron al club varios socios más, pero el club no había reunido más que a una docena cuando todos tomaron asiento ante la mesa. El príncipe experimentó otra vez cierto gozo en sus sensaciones de temor, pero lo que le sorprendió fue ver a Geraldine mucho más dueño de sí mismo que la noche anterior. "Es extraordinario —pensó el príncipe— que el haber hecho o no testamento influya tanto en el ánimo de un hombre joven".

—¡Atención, caballeros! —pidió el presidente. Y empezó a repartir.

Las cartas dieron la vuelta a la mesa tres veces y ninguno de los naipes señalados había caído todavía de las manos del presidente. La excitación era sobrecogedora cuando empezó la cuarta vuelta. Quedaban las cartas justas para dar una vuelta más a la mesa. El príncipe, que estaba sentado en segundo lugar a la izquierda del presidente, debía recibir, en el orden inverso que se practicaba en el club, la penúltima carta. El tercer jugador dio la vuelta a un as negro... el as de bastos. El siguiente recibió una carta de oros, el siguiente una de corazones, y todavía no había sido entregado el as de espadas. Al final, Geraldine, que se sentaba a la izquierda del príncipe, dio la vuelta a su carta: era un as, pero el as de corazones.

Cuando el príncipe tuvo su suerte delante, sobre la mesa, el corazón se le detuvo. Era un hombre valiente, pero el sudor le bañaba el rostro. Tenía exactamente cincuenta posibilidades sobre cien de estar condenado. Dio vuelta la carta: era el as de espadas. Un rugido sordo le llenó el cerebro y la mesa flotó ante sus ojos. El jugador sentado a su derecha rompió en una carcajada que sonó entre alegre y decepcionada. El príncipe vio que el grupo se dispersaba rápidamente, pero su mente estaba sumida en otros pensamientos. Entendía lo loca y criminal que había sido su conducta. En perfecto estado de salud y en los mejores años de su vida, el heredero de un trono se había jugado a las cartas su futuro y el de un país valiente y leal.

—¡Dios mío! —exclamó— ¡Que Dios me perdone!

Y dicho esto, la confusión de sus sentidos desapareció y recuperó el dominio de sí mismo.

Para su asombro, Geraldine había desaparecido. En el salón de cartas se encontraba el verdugo designado, que consultaba con el presidente; también se hallaba el joven de las tartas de crema, quien se acercó al príncipe y le susurró al oído:

—Si lo tuviera, le daría un millón por su suerte.

Su Alteza no pudo evitar pensar, cuando el joven se alejó, que se la hubiera vendido por un mucho menos dinero.

La conferencia que se desarrollaba en susurros llegó a su fin. El poseedor del as de bastos abandonó la sala con una mirada de inteligencia y el presidente se acercó al príncipe y le ofreció la mano.

—Ha sido un placer conocerlo, señor —dijo—, y también ha sido un placer haber sido capaz de ofrecerle este pequeño servicio. Al menos no podrá usted quejarse de la demora. La segunda noche. ¡Qué golpe de suerte!

El príncipe se esforzó en vano por articular alguna respuesta, pero tenía la boca seca y la lengua parecía paralizada.

—¿Se siente un poco indispuesto? —preguntó el presidente, con muestras de solicitud—. A la mayoría le sucede lo mismo. ¿Desea un poco de brandy?

El príncipe hizo un gesto afirmativo y el otro le acercó de inmediato un vaso con licor.

—¡Pobre viejo Malthy! —lamentó el presidente mientras el príncipe bebía—. Bebió casi un litro y parece que no le hizo casi efecto.

—Yo soy más susceptible al tratamiento —repuso el príncipe, bastante reanimado—. Ya estoy otra vez sereno, como puede observar. Bueno, déjeme preguntarle, ¿cuáles son mis instrucciones?

—Usted caminará por la acera de la izquierda del Strand en dirección a la City hasta que encuentre al caballero que acaba de salir. Él le dará las siguientes instrucciones y usted será tan gentil de obedecerle. La autoridad del club está investida en esa persona durante esta noche. Y ahora —finalizó el presidente—, le deseo un paseo muy agradable.

Florizel respondió a la despedida bastante secamente y luego se marchó. Atravesó el salón de fumar, donde el grueso de los jugadores continuaba bebiendo champagne de algunas botellas que él mismo había encargado y pagado; y se sorprendió maldiciéndolos desde el fondo de su alma. Se puso el sombrero y el abrigo en el despacho y recogió su paraguas de un rincón. La rutina de estos gestos y el pensamiento de que los hacía por última vez le llevó a soltar una carcajada que le sonó desagradable a sus propios oídos. Sentía renuencia a dejar el despacho y se volvió hacia la ventana. La luz de las farolas y la oscuridad de la calle lo hicieron volver en sí.

–Vamos, vamos, debo comportarme como un hombre –pensó– y salir fuera ahora mismo.

En la esquina de Box Court, tres hombres cayeron sobre el príncipe Florizel y sin ninguna ceremonia lo introdujeron en un carruaje, que arrancó y se alejó al instante. Dentro había ya un ocupante.

–¿Me perdonará Su Alteza esta muestra de celo? –inquirió una voz muy familiar.

El príncipe se lanzó al cuello del coronel con un apasionado alivio.

–¿Cómo podré agradecérselo alguna vez? –exclamó–. ¿Y cómo se ha arreglado esto?

Aunque había estado dispuesto a afrontar su suerte, estaba encantado de ceder a una amistosa violencia que le devolvía de nuevo la vida y la esperanza.

–Puede agradecérmelo bastante –repuso el coronel– evitando todos estos peligros de ahora en adelante. Y en relación con su segunda pregunta, todo ha sido dispuesto por los medios más simples. Esta tarde me puse de acuerdo con un famoso detective. Se me ha garantizado el secreto y he pagado por ello. Los propios sirvientes de Su Alteza han sido los principales participantes en el asunto. La casa de Box Court está rodeada desde el atardecer y este coche, que es uno de los suyos, lleva aguardándole casi una hora.

–¿Y la miserable criatura que iba a asesinarme? ¿Qué pasó con él? –preguntó el príncipe.

–Le capturamos en cuanto salió del club –siguió explicando el coronel–, y ahora espera su sentencia en el Palacio, donde pronto lo acompañarán sus cómplices.

—Geraldine —dijo el príncipe—, me ha salvado usted en contra de mis órdenes, y ha hecho bien. No sólo le debo mi vida, sino también una lección. Y no sería merecedor de mi título y mi clase si no mostrara mi gratitud a mi maestro. Elija usted el modo de hacerlo.

Se hizo una pausa, durante la cual el carruaje continuó corriendo velozmente por las calles, y los dos hombres se sumieron en sus propios pensamientos. El coronel Geraldine rompió el silencio.

—Su Alteza —dijo— tiene en este momento un número elevado de prisioneros. Hay, al menos, un criminal, de entre todos ellos, con el que se debe hacer justicia. Nuestro juramento nos prohíbe recurrir a la ley, y la discreción nos lo impediría igualmente, aunque se perdiera el juramento. ¿Puedo preguntar qué intenciones tiene Su Alteza?

—Está decidido —contestó Florizel—. El presidente debe caer en duelo. Sólo queda elegir a su adversario.

—Su Alteza me ha permitido solicitar mi recompensa —dijo el coronel—. ¿Me permite pedirle que nombre a mi hermano? Es una tarea honorable y me atrevo a asegurar a Su Alteza que el muchacho responderá con creces.

—Me pide usted un ingrato favor —repuso el príncipe—, pero no debo negarle nada.

El coronel le besó la mano con el mayor de los afectos. En ese momento, el carruaje pasó bajo los arcos de la espléndida residencia del príncipe.

Una hora más tarde, Florizel, vestido con su traje de ceremonia y cubierto con las órdenes y condecoraciones de Bohemia, recibió a los miembros del Club de los Suicidas.

—Hombres locos y malvados —empezó—, ya que muchos de ustedes fueron conducidos a este extremo por la falta de fortuna, recibirán trabajo y salario de mis oficiales. Quienes padezcan sentimiento de culpa recurrirán a un poder más alto y generoso que yo. Siento una piedad mucho más profunda de la que imaginan por todos ustedes. Mañana me contarán sus problemas. Cuanto más francos sean con sus respuestas, más dispuesto estaré a hacer algo para remediar sus desgracias. En cuanto a usted –se volvió un poco, dirigiéndose al presidente–, una persona de sus méritos sólo podría ofenderse si le ofreciera mi ayuda. En vez de hacer eso, le propongo un poco de diversión. Aquí –colocó su mano en el hombro del hermano del coronel Geraldine–, está uno de mis oficiales, que desea realizar un pequeño viaje por Europa. Yo le pido el favor de acompañarlo en esa excursión. ¿Sabe usted –siguió, cambiando el tono de voz–, disparar bien con una pistola? Puede que necesite ese conocimiento. Cuando dos hombres viajan juntos, es conveniente estar preparado para todo. Déjeme añadir que, si por cualquier causa, perdiera usted al joven Geraldine por el camino, siempre tendré otro hombre de mi séquito para poner a su disposición. Y se me conoce, señor presidente, por tener tan buena vista como largo brazo.

Con estas palabras, pronunciadas con gran severidad, el príncipe finalizó su discurso. A la mañana siguiente los demás fueron rescatados por su generosidad, pero el presidente emprendió su viaje bajo la supervisión del joven Geraldine y de un par de ayudas de cámara del príncipe, fieles y bien enseñados. No conforme con esto, el príncipe ordenó que dos discretos agentes se instalaran en la casa de Box Court y él personalmente controló todas las cartas, visitantes y dirigentes del Club de los Suicidas.

Aquí acaba la "Historia del joven de las tartas de crema", que ahora vive cómodamente en Wigmore Street, Cavendish Square. No ofrecemos el número por razones obvias.

El diablo en la botella

(1891)

Existía un hombre en la isla de Hawaii al que llamaré Keawe, porque la verdad es que todavía vive y que su nombre debe permanecer en secreto. Su lugar de nacimiento no estaba lejos de Honaunau, donde los huesos de Keawe el Grande yacen escondidos en una cueva. Este hombre era pobre, valiente y activo. Leía y escribía tan bien como cualquier maestro de escuela. Además era un marinero de primera clase que había trabajado durante algún tiempo en los vapores de la isla y había sido capitán de un ballenero en la costa de Hamakua. Por fin, a Keawe se le ocurrió que le gustaría ver el gran mundo y las ciudades extranjeras. Fue así como se embarcó con rumbo a San Francisco.

San Francisco es una ciudad hermosa, con un excelente puerto y muchas personas con los bolsillos llenos de dinero; más en detalle, existe en esa ciudad una colina que está cubierta de palacios. Un día, Keawe se paseaba por esta colina con mucho dinero en el bolsillo, contemplando con evidente placer las elegantes casas que se alzaban a ambos lados de la calle. "¡Qué hermosas casas! –pensaba– ¡y qué felices deben de ser las personas que viven en ellas, que no deben preocuparse por el futuro!". Reflexionaba sobre esto cuando llegó a la altura de una casa más pequeña que algunas de las otras, pero muy bien acabada y tan bonita como un juguete. Los escalones de la entrada brillaban como plata, los bordes del jardín florecían como guirnaldas y las ventanas resplandecían cual diamantes. Keawe se detuvo, maravillándose ante tanta belleza. Al pararse, se dio cuenta de que un hombre lo miraba a través de una ventana tan transparente que Keawe lo veía como se ve a un pez en una cala junto a los arrecifes. Era un hombre maduro, calvo y de barba negra; su rostro tenía una expresión pesarosa y suspiraba amargamente. Lo cierto es que mientras Keawe contemplaba al hombre y el hombre observaba a Keawe, cada uno de ellos envidiaba al otro.

De repente, el hombre sonrió moviendo la cabeza, hizo un gesto a Keawe para que entrara y se reunió con él en la puerta de la casa.

—Mi casa es muy hermosa —dijo el hombre, suspirando amargamente—. ¿No le gustaría ver las habitaciones?

Fue así como Keawe recorrió con él la casa, desde el sótano hasta el tejado; todo lo que había en ella era perfecto en su estilo y Keawe manifestó su gran admiración.

—Esta casa —dijo Keawe— es realmente muy hermosa; si yo viviera en otra parecida, me pasaría el día riendo a carcajadas. ¿Cómo es posible que no haga usted más que suspirar?

—No hay ninguna razón —dijo el hombre—, para que no tenga una casa en todo semejante a ésta, y aun más hermosa, si así lo desea. Posee usted algún dinero, ¿no es cierto?

—Tengo cincuenta dólares —dijo Keawe—, pero una casa como ésta costará más de cincuenta dólares.

El hombre hizo un cálculo.

—Siento que no tenga más —dijo—, porque eso podría causarle problemas en el futuro, pero será suya por cincuenta dólares.

—¿La casa? —preguntó Keawe.

—No, la casa no —replicó el hombre—. La botella. Porque debo confesarle que, aunque le parezca una persona muy rica y afortunada, todo lo que poseo, y esta casa misma y el jardín, proceden de una botella en la que no cabe mucho más de una pinta.

Dicho esto, abrió un mueble cerrado con llave y sacó una botella de panza redonda con un cuello muy largo. El cristal era de un color blanco como el de la leche, con destellos que irradiaban en su textura. En el interior había algo que se movía confusamente, algo que parecía una sombra y un fuego.

–Ésta es la botella –dijo el hombre; y, cuando Keawe se echó a reír, añadió–: ¿No me cree? Pruebe usted mismo. Trate de romperla.

Keawe tomó la botella y la arrojó contra contra el suelo tantas veces como pudo. En todos los casos la botella rebotaba como una pelota y nada le sucedía.

–Es una cosa extraña –dijo Keawe–, porque tanto por su aspecto como al tacto se diría que es de cristal.

–Es de cristal –respondió el hombre, suspirando más profundo todavía–, pero de un cristal templado en las llamas del infierno. Un diablo vive en ella y la sombra que vemos moverse es la suya, al menos lo creo yo. Cuando un hombre compra esta botella, el diablo se pone a su servicio. Todo aquello que desee el comprador, sea amor, fama, dinero, casas como ésta o una ciudad como San Francisco, será suyo con sólo pedirlo. Napoleón tuvo esta botella y gracias a sus dones llegó a ser el rey del mundo; pero la vendió y fracasó. El capitán Cook también la tuvo, y por ella descubrió tantas islas; también él la vendió, y por eso lo asesinaron en Hawaii. Sucede que al vender la botella desaparecen el poder y la protección. A menos que un hombre esté contento con lo que tiene, siempre termina por sucederle algo malo.

–Y sin embargo usted la quiere vender... –dijo Keawe.

–Tengo todo lo que quiero y estoy envejeciendo –respondió el hombre–. Hay una cosa que el diablo de la botella no puede hacer: prolongar la vida. Eso sí: no sería justo ocultarle a usted una revelación. La botella tiene un inconveniente: si un hombre muere antes de venderla, arderá para siempre en el infierno.

—No cabe duda de que es un inconveniente —exclamó Keawe—. Y no quisiera verme mezclado en ese asunto. No me importa demasiado tener una casa, gracias a Dios; pero hay una cosa que sí me importa muchísimo, y es condenarme.

—No se apresure, mi amigo —contestó el hombre—. Todo lo que tiene que hacer es usar el poder de la botella con moderación, venderla después a alguna persona como estoy haciendo yo ahora y terminar su vida cómodamente.

—Pero yo observo dos cosas —dijo Keawe—: la primera es que usted se pasa todo el tiempo suspirando como una doncella enamorada; y la segunda es que vende la botella a muy bajo precio.

—Ya le he explicado por qué suspiro —dijo el hombre—. Temo que mi salud esté empeorando; y, como ha dicho usted mismo, morir e irse al infierno es una desgracia para cualquiera. En cuanto a venderla tan barata, tengo que explicarle una peculiaridad que tiene esta botella. Hace mucho tiempo, cuando Satanás la trajo a la Tierra, era extraordinariamente cara, y fue el Preste Juan el primero que la compró por muchos millones de dólares; pero sólo puede venderse si se pierde dinero en la transacción. Si se vende por lo mismo que se ha pagado por ella, vuelve al anterior propietario como si se tratara de una paloma mensajera. De ahí se sigue que el precio haya ido disminuyendo con el paso de los siglos y que ahora la botella resulte francamente barata. Yo se la compré a uno de los ricos propietarios que viven en esta colina y sólo pagué noventa dólares. Podría venderla hasta por ochenta y nueve dólares y noventa centavos, pero ni un céntimo más; de lo contrario la botella volvería a mí. Ahora bien, esto trae consigo dos problemas. Primero, que cuando se ofrece una botella tan singular por ochenta dólares y pico, la gente supone que uno está bromeando. Y segundo..., pero como eso no corre prisa que lo sepa, no hace falta que se lo explique ahora. Recuerde tan sólo que tiene que venderla por moneda acuñada.

—¿Cómo sé que todo eso es verdad? —preguntó Keawe.

–Hay algo que puede usted comprobar de inmediato –replicó el otro–. Deme sus cincuenta dólares, coja la botella y pida que los cincuenta dólares vuelvan a su bolsillo. Si no sucede así, le doy mi palabra de honor de que consideraré inválido el trato y le devolveré el dinero.

–¿No me ésta engañando? –dijo Keawe.

El hombre confirmó sus palabras con un solemne juramento.

–Está bien –dijo Keawe–, me arriesgaré. No me puede pasar nada malo.

Luego le entregó su dinero al hombre y el hombre le pasó la botella.

–Diablo de la botella –dijo Keawe–, quiero recobrar mis cincuenta dólares.

Y, efectivamente, apenas había terminado la frase, cuando su bolsillo pesaba ya lo mismo que antes.

–No hay duda de que es una botella maravillosa –dijo Keawe.

–Y ahora muy buenos días, mi querido amigo, ¡y que el diablo le acompañe! –dijo el hombre.

–Un momento –dijo Keawe–, yo ya me he divertido bastante. Tenga su botella.

–La ha comprado usted por menos de lo que yo pagué –replicó el hombre, frotándose las manos–. La botella es completamente suya; y, por mi parte, lo único que deseo es perderlo de vista cuanto antes.

Acto seguido, el hombre llamó a su criado chino e hizo que acompañara a Keawe hasta la puerta.

Cuando Keawe se encontró en la calle con la botella bajo el brazo empezó a pensar. "Si es verdad todo lo que me han dicho de esta botella, puede que haya hecho un pésimo negocio", se dijo a sí mismo. "Pero quizá ese hombre me haya engañado". Lo primero que hizo fue contar el dinero; la suma era exacta: cuarenta y nueve dólares en moneda americana y una pieza de Chile. "Parece que eso es verdad –se dijo Keawe–. Veamos otro punto".

Las calles de aquella parte de la ciudad estaban tan limpias como las cubiertas de un barco. Aunque era mediodía,
no había ningún pasajero. Keawe puso la botella en una
alcantarilla y se alejó. Dos veces miró para atrás, y allí estaba
la botella de color lechoso y panza redonda, en el sitio donde
la había dejado. Miró por tercera vez y después dobló la
esquina; pero apenas lo había hecho cuando algo le golpeó
el codo, y ¡no era otra cosa que el largo cuello de la botella!
En cuanto a la redonda panza, estaba bien encajada en el
bolsillo de su chaqueta de piloto.

–Parece que también esto es verdad –dijo Keawe.

Lo siguiente fue comprar un sacacorchos en una tienda y
retirarse a un sitio oculto en medio del campo. Una vez allí
intentó sacar el corcho, pero cada vez que lo hacía la espiral
salía otra vez y el corcho seguía tan entero como al empezar.

–Este corcho es distinto de todos los demás –dijo Keawe,
temblando y sudoroso, porque la botella le daba miedo.

Camino del puerto, vio una tienda donde un hombre
vendía mazas de islas salvajes, imágenes antiguas de dioses
paganos, caracoles marinos y viejas monedas, pinturas de
China y Japón y todas esas cosas que los marineros llevan
en sus baúles. En seguida tuvo una idea. Entró y le ofreció
la botella al dueño por cien dólares. El otro se rió de él y
le ofreció cinco; sin embargo, la botella era muy curiosa:
ninguna boca humana había soplado nunca un vidrio como
aquél, ni cabía imaginar unos colores más bonitos que los
que brillaban bajo su blanco lechoso, ni una sombra más
extraña que la que daba vueltas en su centro; de manera
que, después de regatear durante un rato a la manera de los
de su profesión, el dueño de la tienda le compró la botella
a Keawe por sesenta dólares y la colocó en un estante en el
centro de una vitrina.

–Ahora –dijo Keawe– he vendido por sesenta dólares lo
que compré por cincuenta o, para ser más exactos, por un
poco menos, porque uno de mis dólares venía de Chile. En
seguida sabré la verdad sobre otro punto.

Regresó a su barco y, cuando abrió su baúl, allí estaba otra vez la botella, que había llegado antes que él.

En aquel barco Keawe tenía un compañero que se llamaba Lopaka.

—¿Qué ocurre contigo —preguntó Lopaka— que miras el baúl con tanta insistencia?

Estaban solos en el castillo de proa. Keawe le hizo prometer que guardaría el secreto y se lo contó todo.

—Es un asunto muy extraño —dijo Lopaka—; y me temo que vas a tener dificultades con esa botella. Pero una cosa está muy clara: puesto que tienes asegurados los problemas, será mejor que obtengas también los beneficios. Decide qué es lo que deseas; da la orden y si resulta tal como quieres, yo mismo te compraré la botella; porque a mí me gustaría tener un velero y dedicarme a comerciar entre las islas.

—No es eso lo que me interesa —dijo Keawe—. Quiero una hermosa casa y un jardín en la costa de Kona, donde nací; y quiero que brille el sol sobre la puerta, y que haya flores en el jardín, cristales en las ventanas, cuadros en las paredes, y adornos y tapetes de telas muy finas sobre las mesas; exactamente igual que la casa donde estuve hoy; sólo que un piso más alta y con balcones alrededor, como en el palacio del rey; y que pueda vivir allí sin preocupaciones de ninguna clase y divertirme con mis amigos y parientes.

—Bien —dijo Lopaka—, volvamos con la botella a Hawaii; y si todo resulta verdad como tú supones, te compraré la botella, como ya he dicho, y pediré una goleta.

Quedaron de acuerdo en esto y antes de que pasara mucho tiempo el barco regresó a Honolulú, llevando consigo a Keawe, a Lopaka y a la botella. Apenas habían desembarcado cuando encontraron en la playa a un amigo que inmediatamente empezó a dar el pésame a Keawe.

—No sé por qué me estás dando el pésame —dijo Keawe.

—¿Es posible que no te hayas enterado —dijo el amigo— de que tu tío, aquel hombre tan bueno, ha muerto; y de que tu primo, aquel muchacho tan bien parecido, se ha ahogado en el mar?

Keawe lo sintió mucho y al ponerse a llorar y a lamentarse, se olvidó de la botella. Pero Lopaka estuvo reflexionando y cuando su amigo se calmó un poco, le habló así:

–¿No es cierto que tu tío tenía tierras en Hawaii, en el distrito de Kaü?

–No –dijo Keawe–; en Kaü, no: están en la zona de las montañas, un poco al sur de Hookena.

–Esas tierras, ¿pasarán a ser tuyas? –preguntó Lopaka.

–Así es –dijo Keawe, y empezó otra vez a llorar la muerte de sus familiares.

–No –dijo Lopaka–; no te lamentes ahora. Se me ocurre una cosa. ¿Y si todo esto fuera obra de la botella? Porque ya tienes preparado el sitio para hacer la casa.

–Si es así –exclamó Keawe–, la botella me hace un flaco servicio matando a mis parientes. Pero puede que sea cierto, porque fue en un sitio así donde vi la casa con la imaginación.

–La casa, sin embargo, todavía no está construida –dijo Lopaka.

–¡Y probablemente no lo estará nunca! –dijo Keawe–, porque si bien mi tío tenía algo de café, ava y plátanos, no será más que lo justo para que yo viva cómodamente; y el resto de esa tierra es de lava negra.

–Vayamos al abogado –dijo Lopaka–. Porque yo sigo pensando lo mismo.

Al hablar con el abogado, se enteraron de que el tío de Keawe se había hecho enormemente rico en los últimos tiempos y que le dejaba dinero en abundancia.

–¡Ya tienes el dinero para la casa! –exclamó Lopaka.

–Si está usted pensando en construir una casa –dijo el abogado–, aquí está la tarjeta de un arquitecto nuevo del que me cuentan grandes cosas.

–¡Cada vez mejor! –exclamó Lopaka–. Está todo muy claro. Sigamos obedeciendo órdenes.

De manera que fueron a ver al arquitecto, que tenía diferentes proyectos de casas sobre la mesa.

—Usted desea algo fuera de lo corriente —dijo el arquitecto—. ¿Qué le parece esto?

Y le pasó a Keawe uno de los dibujos.

Cuando Keawe lo vio, dejó escapar una exclamación, porque representaba exactamente lo que él había visto con la imaginación. "Ésta es la casa que quiero —pensó Keawe—. A pesar de lo poco que me gusta cómo viene a parar a mis manos, ésta es la casa, y más vale que acepte lo bueno junto con lo malo".

De manera que le dijo al arquitecto todo lo que quería, y cómo deseaba amueblar la casa, y los cuadros que había que poner en las paredes y las figuritas para las mesas; y luego le preguntó sin rodeos cuánto le llevaría por hacerlo todo. El arquitecto le hizo muchas preguntas, cogió una pluma e hizo un cálculo; y al terminar pidió exactamente la suma que Keawe había heredado. Lopaka y Keawe se miraron el uno al otro y asintieron con la cabeza. "Está bien claro —pensó Keawe— que voy a tener esta casa, tanto si quiero como si no. Viene del diablo y temo que nada bueno salga de ello; y si de algo estoy seguro es de que no voy a formular más deseos mientras siga teniendo esta botella. Pero de la casa ya no me puedo librar y más valdrá que acepte lo bueno junto con lo malo".

De manera que llegó a un acuerdo con el arquitecto y firmaron un documento. Keawe y Lopaka se embarcaron otra vez camino de Australia; porque habían decidido entre ellos que no intervendrían en absoluto, dejarían que el arquitecto y el diablo de la botella construyeran y decoraran aquella casa como mejor les pareciese.

El viaje fue bueno, aunque Keawe estuvo todo el tiempo conteniendo la respiración, porque había jurado que no formularía más deseos ni recibiría más favores del diablo. Se había cumplido ya el plazo cuando regresaron. El arquitecto les dijo que la casa estaba lista y Keawe y Lopaka tomaron pasaje en el Hall camino de Kona para comprobar si todo se había hecho exactamente de acuerdo con la idea que Keawe tenía en la cabeza.

La casa se alzaba en la falda del monte y era visible desde el mar. Por encima, el bosque seguía subiendo hasta las nubes que traían la lluvia; por debajo, la lava negra descendía en riscos donde estaban enterrados los reyes de antaño. Un jardín florecía alrededor de la casa con flores de todos los colores; había un huerto de papayas a un lado y otro de árboles del pan en el lado opuesto; por delante, mirando al mar, habían plantado el mástil de un barco con una bandera. En cuanto a la casa, era de tres pisos, con amplias habitaciones y balcones muy anchos en los tres. Las ventanas eran de excelente cristal, tan claro como el agua y tan brillante como un día soleado. Muebles de todas clases adornaban las habitaciones. De las paredes colgaban cuadros con marcos dorados: pinturas de barcos, de hombres luchando, de las mujeres más hermosas y de los sitios más singulares; no hay en ningún lugar del mundo pinturas con colores tan brillantes como las que Keawe encontró colgadas de las paredes de su casa. En cuanto a los otros objetos de adorno, eran de extraordinaria calidad; relojes con carillón y cajas de música, hombrecillos que movían la cabeza, libros llenos de ilustraciones, armas muy valiosas de todos los rincones del mundo, y los rompecabezas más elegantes para entretener los ocios de un hombre solitario. Y como nadie querría vivir en semejantes habitaciones, tan sólo pasar por ellas y contemplarlas, los balcones eran tan amplios que un pueblo entero hubiera podido vivir en ellos sin el menor agobio; y Keawe no sabía qué era lo que más le gustaba: si el porche de atrás, a donde llegaba la brisa procedente de la tierra y se podían ver los huertos y las flores, o el balcón delantero, donde se podía beber el viento del mar, contemplar la empinada ladera de la montaña y ver al Hall yendo una vez por semana aproximadamente entre Hookena y las colinas de Pele, o las goletas siguiendo la costa para recoger cargamentos de madera, de ava y de plátanos.

Después de verlo todo, Keawe y Lopaka se sentaron en el porche.

—Bien —preguntó Lopaka—, ¿está todo tal como lo habías planeado?

—No hay palabras para expresarlo —contestó Keawe—. Es mejor de lo que había soñado y estoy que exploto de satisfacción.

—Sólo queda una cosa por considerar —dijo Lopaka—; todo esto puede haber sucedido de manera perfectamente natural, sin que el diablo de la botella haya tenido nada que ver. Si comprara la botella y me quedara sin la goleta, habría puesto la mano en el fuego para nada. Te di mi palabra, lo sé: pero creo que no deberías negarme una prueba más.

—He jurado que no aceptaré más favores —dijo Keawe—. Creo que ya estoy suficientemente comprometido.

—No pensaba en un favor —replicó Lopaka—. Quisiera ver yo mismo al diablo de la botella. No hay ninguna ventaja en ello y por tanto tampoco hay nada de qué avergonzarse; sin embargo, si llego a verlo una vez, quedaré convencido del todo. Así que accede a mi deseo y déjame ver al diablo; el dinero lo tengo aquí mismo y después de esto te compraré la botella.

—Sólo hay una cosa que me da miedo —dijo Keawe—. El diablo puede ser una cosa horrible de ver; y si le pones el ojo encima quizá no tengas ya ninguna gana de quedarte con la botella.

—Soy una persona de palabra —dijo Lopaka—. Y aquí dejo el dinero, entre los dos.

—Muy bien —replicó Keawe—. Yo también siento curiosidad. De manera que, vamos a ver: déjenos mirarlo, señor Diablo.

Tan pronto como lo dijo, el diablo salió de la botella y volvió a meterse, tan rápidamente como un lagarto; Keawe y Lopaka quedaron petrificados. Se hizo completamente de noche antes de que a cualquiera de los dos se le ocurriera algo que decir o hallaran la voz para decirlo: luego Lopaka empujó el dinero hacia Keawe y recogió la botella.

—Soy hombre de palabra —dijo—, y bien puedes creerlo, porque de lo contrario no tocaría esta botella ni con el pie. Bien, conseguiré mi goleta y unos dólares para el bolsillo; luego me desharé de este demonio tan pronto como pueda. Porque, si tengo que decirte la verdad, verlo me ha dejado destrozado.

–Lopaka –dijo Keawe–, procura no pensar demasiado mal de mí; sé que es de noche, que los caminos están mal y que el desfiladero junto a las tumbas no es un buen sitio para cruzarlo tan tarde, pero confieso que desde que he visto el rostro de ese diablo, no podré comer ni dormir ni rezar hasta que te lo hayas llevado. Voy a darte una linterna, una cesta para poner la botella y cualquier cuadro o adorno de la casa que te guste; después quiero que marches inmediatamente y vayas a dormir a Hookena con Nahinu.

–Keawe –dijo Lopaka–, muchos hombres se enfadarían por una cosa así; sobre todo después de hacerte un favor tan grande como es mantener la palabra y comprar la botella; y en cuanto a ser de noche, a la oscuridad y al camino junto a las tumbas, todas esas circunstancias tienen que ser diez veces más peligrosas para un hombre con semejante pecado sobre su conciencia y una botella como ésta bajo el brazo. Pero como yo también estoy muy asustado, no me siento capaz de acusarte. Me iré ahora mismo; y le pido a Dios que seas feliz en tu casa y yo afortunado con mi goleta, y que los dos vayamos al cielo al final a pesar del demonio y de su botella.

De manera que Lopaka bajó de la montaña; Keawe, por su parte, salió al balcón delantero; estuvo escuchando el ruido de las herraduras y vio la luz de la linterna cuando Lopaka pasaba junto al risco donde están las tumbas de otras épocas; durante todo el tiempo Keawe temblaba, se retorcía las manos y rezaba por su amigo, dando gracias a Dios por haber escapado él mismo de aquel peligro.

Pero al día siguiente hizo un tiempo muy hermoso, y la casa nueva era tan agradable que Keawe se olvidó de sus terrores. Fueron pasando los días y Keawe vivía allí en perpetua alegría. Le gustaba sentarse en el porche de atrás; allí comía, reposaba y leía las historias que contaban los periódicos de Honolulú; pero cuando llegaba alguien a verle, entraba en la casa para enseñarle las habitaciones y los cuadros. Y la fama de la casa se extendió por todas partes; la llamaban Ka-Hale Nui –la Casa Grande– en todo Kona; y a veces la Casa Resplandeciente, porque Keawe tenía a su servicio a un chino que se pasaba todo el día limpiando el polvo y bruñendo los metales; y el cristal, y los dorados, y las telas finas y los cuadros brillaban tanto como una mañana soleada. En cuanto a Keawe mismo, se le ensanchaba tanto el corazón con la casa que no podía pasear por las habitaciones sin ponerse a cantar; y cuando aparecía algún barco en el mar, izaba su estandarte en el mástil.

Así iba pasando el tiempo, hasta que un día Keawe fue a Kailua para visitar a uno de sus amigos. Le hicieron un gran agasajo, pero él se marchó lo antes que pudo a la mañana siguiente y cabalgó muy de prisa, porque estaba impaciente por ver de nuevo su hermosa casa; y, además, la noche de aquel día era la noche en que los muertos de antaño salen por los alrededores de Kona; y el haber tenido ya tratos con el demonio hacía que Keawe tuviera muy pocos deseos de tropezarse con los muertos. Un poco más allá de Honaunau, al mirar a lo lejos, advirtió la presencia de una mujer que se bañaba a la orilla del mar. Parecía una muchacha bien desarrollada, pero Keawe no pensó mucho en ello. Luego vio ondear su camisa blanca mientras se la ponía, y después su holoku rojo; cuando Keawe llegó a su altura, la joven había terminado de arreglarse y, alejándose del mar, se había colocado junto al camino con su holoku rojo; el baño la había tonificado y los ojos le brillaban, llenos de amabilidad. Nada más verla Keawe tiró de las riendas a su caballo.

—Creía conocer a todo el mundo en esta zona –dijo él–. ¿Cómo es que a ti no te conozco?

—Soy Kokúa, hija de Kiano –respondió la muchacha–, y acabo de regresar de Oahu. ¿Quién es usted?

—Te lo diré dentro de un poco –dijo Keawe, desmontando del caballo–, pero no ahora mismo. Porque tengo una idea y si te dijera quién soy, como es posible que hayas oído hablar de mí, quizá al preguntarte no me dieras una respuesta sincera. Pero antes de nada dime una cosa: ¿estás casada?

Al oír esto, Kokúa se echó a reír.

—Parece que es usted quien hace todas las preguntas —dijo ella—. Y usted, ¿está casado?

—No, Kokúa, desde luego que no —replicó Keawe—, y nunca he pensado en casarme hasta este momento. Pero voy a decirte la verdad. Te he encontrado aquí junto al camino y, al ver tus ojos que son como estrellas, mi corazón se ha ido tras de ti tan veloz como un pájaro. De manera que, si ahora no quieres saber nada de mí, dilo, y me iré a mi casa; pero si no te parezco peor que cualquier otro joven, dilo también, y me desviaré para pasar la noche en casa de tu padre y mañana hablaré con él.

Kokúa no dijo una palabra, pero miró hacia el mar y se echó a reír.

—Kokúa —dijo Keawe—, si no dices nada, consideraré que tu silencio es una respuesta favorable; así que pongámonos en camino hacia la casa de tu padre.

Ella fue delante de él sin decir nada; sólo de vez en cuando miraba para atrás y luego volvía a apartar la vista; y todo el tiempo llevaba en la boca las cintas del sombrero.

Cuando llegaron a la puerta, Kiano salió al porche y dio la bienvenida a Keawe llamándolo por su nombre. Al oírlo la muchacha se le quedó mirando, porque la fama de la gran casa había llegado a sus oídos; y no hace falta decir que era una gran tentación. Pasaron todos juntos la velada muy alegremente; y la muchacha se mostró muy descarada en presencia de sus padres y estuvo burlándose de Keawe porque tenía un ingenio muy vivo. Al día siguiente Keawe habló con Kiano y después tuvo ocasión de quedarse a solas con la muchacha.

—Kokúa —dijo él—, ayer estuviste burlándote de mí durante toda la velada; y todavía estás a tiempo de despedirme. No quise decirte quién era porque tengo una casa muy hermosa y temía que pensaras demasiado en la casa y poco en el hombre que te ama. Ahora ya lo sabes todo, y si no quieres volver a verme, dilo cuanto antes.

—No —dijo Kokúa; pero esta vez no se echó a reír ni Keawe le preguntó nada más.

Así fue el noviazgo de Keawe; las cosas sucedieron de prisa; pero aunque una flecha vaya muy veloz y la bala de un rifle todavía más rápida, las dos pueden dar en el blanco. Las cosas habían ido de prisa, pero también habían ido lejos y el recuerdo de Keawe llenaba la imaginación de la muchacha; Kokúa escuchaba su voz al romperse las olas contra la lava de la playa, y por aquel joven que sólo había visto dos veces hubiera dejado padre y madre y sus islas nativas. En cuanto a Keawe, su caballo voló por el camino de la montaña bajo el risco donde estaban las tumbas, y el sonido de los cascos y su voz cantando, lleno de alegría, despertaban al eco en las cavernas de los muertos. Cuando llegó a la Casa Resplandeciente todavía seguía cantando. Se sentó y comió en el amplio balcón y el chino se admiró de que su amo continuara cantando entre bocado y bocado. El sol se ocultó tras el mar y llegó la noche; Keawe estuvo paseándose por los balcones a la luz de las lámparas en lo alto de la montaña y sus cantos sobresaltaban a las tripulaciones de los barcos que cruzaban por el mar. "Aquí estoy ahora, en este sitio mío tan elevado —se dijo a sí mismo—. La vida no puede irme mejor; me hallo en lo alto de la montaña; a mi alrededor, todo lo demás desciende. Por primera vez iluminaré todas las habitaciones, usaré mi bañera con agua caliente y fría y dormiré solo en el lecho de la cámara nupcial".

De manera que el criado chino tuvo que levantarse y encender las calderas; y mientras trabajaba en el sótano oía a su amo cantando alegremente en las habitaciones iluminadas. Cuando el agua empezó a estar caliente el criado chino se lo advirtió a Keawe con un grito; Keawe entró en el cuarto de baño; y el criado chino le oyó cantar mientras la bañera de mármol se llenaba de agua; y le oyó cantar también mientras se desnudaba; hasta que, de repente, el canto cesó. El criado chino estuvo escuchando largo rato; luego alzó la voz para preguntarle a Keawe si todo iba bien, y Keawe le respondió: "Sí", y le mandó que se fuera a la cama; pero ya no se oyó cantar más en la Casa Resplandeciente; y durante toda la noche, el criado chino estuvo oyendo a su amo pasear sin descanso por los balcones.

Lo que había ocurrido era esto: mientras Keawe se desnudaba para bañarse, descubrió en su cuerpo una mancha semejante a la sombra del liquen sobre una roca, y fue entonces cuando dejó de cantar. Porque había visto otras manchas parecidas y supo que estaba atacado del Mal Chino: la lepra.

Es bien triste para cualquiera padecer esa enfermedad. Y también sería muy triste para cualquiera abandonar una casa tan hermosa y tan cómoda y separarse de todos sus amigos para ir a la costa norte de Molokai, entre enormes farallones y rompientes. Pero ¿qué es eso comparado con la situación de Keawe, que había encontrado su amor un día antes y lo había conquistado aquella misma mañana, y que veía ahora quebrarse todas sus esperanzas en un momento, como se quiebra un trozo de cristal?

Estuvo un rato sentado en el borde de la bañera; luego se levantó de un salto dejando escapar un grito y corrió afuera; y empezó a andar por el balcón, de un lado a otro, como alguien que está desesperado. "No me importaría dejar Hawaii, el hogar de mis antepasados –se decía Keawe–. Sin gran pesar abandonaría mi casa, la de las muchas ventanas, situada en lo alto, aquí en las montañas. No me faltaría valor para ir a Molokai, a Kalaupapa junto a los farallones, para vivir con los leprosos y dormir allí lejos de mis antepasados. Pero ¿qué agravio he cometido, qué pecado pesa sobre mi alma, para que haya tenido que encontrar a Kokúa cuando salía del mar a la caída de la tarde? ¡Kokúa, la que me ha robado el alma! ¡Kokúa, la luz de mi vida! Quizá nunca llegue a casarme con ella, quizá nunca más vuelva ni a acariciarla con mano amorosa; ésa es la razón, Kokúa, ¡por ti me lamento!".

Deben ustedes fijarse en la clase de hombre que era Keawe, ya que podría haber vivido durante años en la Casa Resplandeciente sin que nadie llegara a sospechar que estaba enfermo; pero a eso no le daba importancia si tenía que perder a Kokúa. Hubiera podido incluso casarse con Kokúa y muchos lo hubieran hecho, porque tienen alma de cerdo; pero Keawe amaba a la doncella con amor varonil, y no estaba dispuesto a causarle ningún daño ni a exponerla a ningún peligro.

Algo después de la medianoche se acordó de la botella. Salió al porche y recordó el día en que el diablo se había mostrado ante sus ojos; y aquel pensamiento hizo que se le helara la sangre en las venas. "Esa botella es una cosa horrible –pensó Keawe– el diablo también es una cosa horrible, y aún más horrible es la posibilidad de arder para siempre en las llamas del infierno. Pero ¿qué otra posibilidad tengo de llegar a curarme o de casarme con Kokúa? ¡Cómo! ¿Fui capaz de desafiar al demonio para conseguir una casa y no voy a enfrentarme con él para recobrar a Kokúa?". Entonces recordó que al día siguiente el Hall iniciaba su viaje de regreso a Honolulú. "Primero tengo que ir allí –pensó– y ver a Lopaka. Porque lo mejor que me puede suceder ahora es que encuentre la botella que tantas ganas tenía de perder de vista".

No pudo dormir ni un solo momento. La comida se le atragantaba. Sin embargo envió una carta a Kiano, y cuando se acercaba la hora de la llegada del vapor, se puso en camino y cruzó por delante del risco donde estaban las tumbas. Llovía; su caballo avanzaba con dificultad; Keawe contempló las negras bocas de las cuevas y envidió a los muertos que dormían en su interior, libres ya de dificultades; y recordó cómo había pasado por allí al galope el día anterior y se sintió lleno de asombro. Finalmente llegó a Hookena y, como de costumbre, todo el mundo se había reunido para esperar la llegada del vapor. En el cobertizo delante del almacén estaban todos sentados, bromeando y contándose las novedades; pero Keawc no sentía el menor deseo de hablar y permaneció en medio de ellos contemplando la lluvia que caía sobre las casas, y las olas que estallaban entre las rocas, mientras los suspiros se acumulaban en su garganta.

—Keawe, el de la Casa Resplandeciente, está muy abatido —se decían unos a otros. Así era, en efecto, y no tenía nada de extraordinario.

Luego llegó el Hall y la gasolinera lo llevó a bordo. La parte posterior del barco estaba llena de haoles (blancos) que habían ido a visitar el volcán como tienen por costumbre; en el centro se amontonaban los kanakas, y en la parte delantera viajaban toros de Hilo y caballos de Kaü, pero Keawe se sentó lejos de todos, hundido en su dolor, con la esperanza de ver desde el barco la casa de Kiano. Finalmente la divisó, junto a la orilla, sobre las rocas negras, a la sombra de las palmeras; cerca de la puerta se veía un holoku rojo no mayor que una mosca y que revoloteaba tan atareado como una mosca. "¡Ah, reina de mi corazón! —exclamó Keawe para sí— ¡Arriesgaré mi alma para recobrarte!".

Poco después, al caer la noche, se encendieron las luces de las cabinas y los haoles se reunieron para jugar a las cartas y beber whisky como tienen por costumbre; pero Keawe estuvo paseando por cubierta toda la noche. Y todo el día siguiente, mientras navegaban a sotavento de Maui y de Molokai, Keawe seguía dando vueltas de un lado para otro como un animal salvaje dentro de una jaula.

Al caer la tarde pasaron Diamond Head y llegaron al muelle de Honolulú. Keawe bajó en seguida a tierra y empezó a preguntar por Lopaka. Al parecer se había convertido en propietario de una goleta —no había otra mejor en las islas—, y se había marchado muy lejos en busca de aventuras, quizá hasta Pola-Pola, de manera que no cabía esperar ayuda por ese lado. Keawe se acordó de un amigo de Lopaka, un abogado que vivía en la ciudad (no debo decir su nombre), y preguntó por él. Le dijeron que se había hecho rico de repente y que tenía una casa nueva y muy hermosa en la orilla de Waikiki; esto dio que pensar a Keawe, e inmediatamente alquiló un coche y se dirigió a casa del abogado.

La casa era muy nueva y los árboles del jardín apenas mayores que bastones; el abogado, cuando salió a recibirle, parecía un hombre satisfecho de la vida.

–¿Qué puedo hacer por usted? –dijo el abogado.

–Usted es amigo de Lopaka –replicó Keawe–, y Lopaka me compró un objeto que quizá usted pueda ayudarme a localizar.

El rostro del abogado se ensombreció.

–No voy a fingir que ignoro de qué me habla, señor Keawe –dijo–, aunque se trata de un asunto muy desagradable que no conviene remover. No puedo darle ninguna seguridad, pero me imagino que si va usted a cierto barrio quizá consiga averiguar algo.

A continuación le dio el nombre de una persona que también en este caso será mejor no repetir. Esto sucedió durante varios días, y Keawe fue conociendo a diferentes personas y encontrando en todas partes ropas y coches recién estrenados, y casas nuevas muy hermosas y hombres muy satisfechos, aunque, claro está, cuando les explicaba el motivo de su visita, sus rostros se ensombrecían. "No hay duda de que estoy en el buen camino –pensaba Keawe–, esos trajes nuevos y esos coches son otros tantos regalos del demonio de la botella, y esos rostros satisfechos son los rostros de personas que han conseguido lo que deseaban y han podido librarse después de ese maldito recipiente. Cuando vea mejillas sin color y oiga suspiros sabré que estoy cerca de la botella".

Sucedió que, finalmente, le recomendaron que fuera a ver a un haole en Beritania Street. Cuando llegó a la puerta, alrededor de la hora de la cena, Keawe se encontró con los típicos indicios: nueva casa, jardín recién plantado y luz eléctrica tras las ventanas; y cuando apareció el dueño, un escalofrío de esperanza y de miedo recorrió el cuerpo de Keawe, porque tenía delante de él a un hombre joven tan pálido como un cadáver, con marcadísimas ojeras, prematuramente calvo y con la expresión de un hombre en capilla. "Tiene que estar aquí, no hay duda" –pensó Keawe–, y a aquel hombre no le ocultó en absoluto cuál era su verdadero propósito.

–He venido a comprar la botella –dijo.

–Al oír aquellas palabras el joven haole de Beritania Street tuvo que apoyarse contra la pared.

–¡La botella! –susurró–. ¡Comprar la botella!

Dio la impresión de que estaba a punto de desmayarse y, cogiendo a Keawe por el brazo, lo llevó a una habitación y escanció dos vasos de vino.

–A su salud –dijo Keawe, que había pasado mucho tiempo con haoles en su época de marinero–. Sí –añadió–, he venido a comprar la botella. ¿Cuál es el precio que tiene ahora?

Al oír esto al joven se le escapó el vaso de entre los dedos y miró a Keawe como si fuera un fantasma.

–El precio –dijo–. ¡El precio! ¿No sabe usted cuál es el precio?

–Por eso se lo pregunto –replicó Keawe–. Pero ¿qué es lo que tanto le preocupa? ¿Qué sucede con el precio?

–La botella ha disminuido mucho de valor desde que usted la compró, señor Keawe –dijo el joven tartamudeando.

–Bien, bien; así tendré que pagar menos por ella –dijo Keawe–. ¿Cuánto le costó a usted?

El joven estaba tan blanco como el papel.

–Dos centavos –dijo.

–¿Cómo? –exclamó Keawe–, ¿dos centavos? Entonces, usted sólo puede venderla por uno. Y el que la compre... –Keawe no pudo terminar la frase; el que comprara la botella no podría venderla nunca y la botella y el diablo se quedarían con él hasta su muerte, y cuando muriera se encargarían de llevarlo a las llamas del infierno.

El joven de Beritania Street se puso de rodillas.

—¡Cómprela, por el amor de Dios! —exclamó—. Puede quedarse también con toda mi fortuna. Estaba loco cuando la compré a ese precio. Había malversado fondos en el almacén donde trabajaba; si no lo hacía estaba perdido, hubiera acabado en la cárcel.

—Pobre criatura —dijo Keawe—; fue usted capaz de arriesgar su alma en una aventura tan desesperada, para evitar el castigo por su deshonra, ¿y cree que yo voy a dudar cuando es el amor lo que tengo delante de mí? Tráigame la botella y el cambio que sin duda tiene ya preparado. Es preciso que me dé el vuelto de estos cinco centavos.

Keawe no se había equivocado; el joven tenía las cuatro monedas en un cajón; la botella cambió de manos y tan pronto como los dedos de Keawe rodearon su cuello le susurró que deseaba quedar limpio de la enfermedad. Y, efectivamente, cuando se desnudó delante de un espejo en la habitación del hotel, su piel estaba tan sonrosada como la de un niño. Pero lo más extraño fue que inmediatamente se operó una transformación dentro de él y el Mal Chino le importaba muy poco y tampoco sentía interés por Kokúa; no pensaba más que en una cosa: que estaba ligado al diablo de la botella para toda la eternidad y no le quedaba otra esperanza que la de ser para siempre una pavesa en las llamas del infierno. En cualquier caso, las veía ya brillar delante de él con los ojos de la imaginación; su alma se encogió y la luz se convirtió en tinieblas.

Cuando Keawe se recuperó un poco, se dio cuenta de que era la noche en que tocaba una orquesta en el hotel. Bajó a oírla porque temía quedarse solo; y allí, entre caras alegres, paseó de un lado para otro, escuchó las melodías y vio a Berger llevando el compás; pero todo el tiempo oía crepitar las llamas y veía un fuego muy vivo ardiendo en el pozo sin fondo del infierno. De repente la orquesta tocó "Hiki-ao-ao", una canción que él había cantado con Kokúa, y aquellos acordes le devolvieron el valor. "Ya está hecho —pensó— y una vez más tendré que aceptar lo bueno junto con lo malo".

Keawe regresó a Hawaii en el primer vapor y, tan pronto como fue posible, se casó con Kokúa y la llevó a la Casa Resplandeciente en la ladera de la montaña. Cuando los dos estaban juntos, el corazón de Keawe se tranquilizaba; pero tan pronto como se quedaba solo empezaba a cavilar sobre su horrible situación, y oía crepitar las llamas y veía el fuego abrasador en el pozo sin fondo. Era cierto que la muchacha se había entregado a él por completo; su corazón latía más de prisa al verlo, y su mano buscaba siempre la de Keawe; y estaba hecha de tal manera de la cabeza a los pies que nadie podía verla sin alegrarse. Kokúa era afable por naturaleza. De sus labios salían siempre palabras cariñosas. Le gustaba mucho cantar, y cuando recorría la Casa Resplandeciente gorjeando como los pájaros era ella el objeto más hermoso que había en los tres pisos. Keawe la contemplaba y la oía embelesado y luego iba a esconderse en un rincón y lloraba y gemía pensando en el precio que había pagado por ella; después tenía que secarse los ojos y lavarse la cara e ir a sentarse con ella en uno de los balcones, acompañándola en sus canciones y correspondiendo a sus sonrisas con el alma llena de angustia. Pero llegó un día en que Kokúa empezó a arrastrar los pies y sus canciones se hicieron menos frecuentes; y ya no era sólo Keawe el que lloraba a solas, sino que los dos se retiraban a dos balcones situados en lados opuestos, con toda la anchura de la Casa Resplandeciente entre ellos. Keawe estaban tan hundido en la desesperación que apenas notó el cambio, alegrándose tan sólo de tener más horas de soledad durante las que cavilar sobre su destino y de no verse condenado con tanta frecuencia a ocultar un corazón enfermo bajo una cara sonriente. Pero un día, andando por la casa sin hacer ruido, escuchó sollozos como de un niño y vio a Kokúa moviendo la cabeza y llorando como los que están perdidos.

–Haces bien lamentándote en esta casa, Kokúa –dijo Keawe–. Y, sin embargo, daría media vida para que pudieras ser feliz.

–¡Feliz! –exclamó ella–. Keawe, cuando vivías solo en la Casa Resplandeciente, toda la gente de la isla se hacía lenguas de tu felicidad; tu boca estaba siempre llena de risas y de canciones y tu rostro resplandecía como la aurora. Después te casaste con la pobre Kokúa; y el buen Dios sabrá qué es lo que le falta, pero desde aquel día no has vuelto a sonreír. ¿Qué es lo que me pasa? Creía ser bonita y sabía que amaba a mi marido. ¿Qué es lo que me pasa que arrojo esta nube sobre él?

–Pobre Kokúa –dijo Keawe–. Se sentó a su lado y trató de cogerle la mano; pero ella la apartó–. Pobre Kokúa –dijo de nuevo–. ¡Pobre niñita mía! ¡Y yo que creía ahorrarte sufrimientos durante todo este tiempo! Pero lo sabrás todo. Así, al menos, te compadecerás del pobre Keawe; comprenderás lo mucho que te amaba cuando sepas que prefirió el infierno a perderte; y lo mucho que aún te ama, puesto que todavía es capaz de sonreír al contemplarte. Y a continuación, le contó toda su historia desde el principio.

–¿Has hecho eso por mí? –exclamó Kokúa–. Entonces, ¡qué me importa nada! –y, abrazándole, se echó a llorar.

–¡Querida mía! –dijo Keawe–; sin embargo, cuando pienso en el fuego del infierno, ¡a mi sí que me importa!

–No digas eso –respondió ella–; ningún hombre puede condenarse por amar a Kokúa si no ha cometido ninguna otra falta. Desde ahora te digo, Keawe, que te salvaré con estas manos o pereceré contigo. ¿Has dado tu alma por mi amor y crees que yo no moriría por salvarte?

–¡Querida mía! Aunque murieras cien veces, ¿cuál sería la diferencia? –exclamó él–. Serviría únicamente para que tuviera que esperar a solas el día de mi condenación.

–Tú no sabes nada –dijo ella–. Yo me eduqué en un colegio de Honolulú; no soy una chica corriente. Y desde ahora te digo que salvaré a mi amante. ¿No me has hablado de un centavo? ¿Ignoras que no todos los países tienen dinero americano? En Inglaterra existe una moneda que vale alrededor de medio centavo. ¡Qué lástima! –exclamó en seguida–; eso no lo hace mucho mejor, porque el que comprara la botella se condenaría y ¡no vamos a encontrar a nadie tan valiente como mi Keawe! Pero también está Francia; allí tienen una moneda a la que llaman céntimo y de ésos se necesitan aproximadamente cinco para poder cambiarlos por un centavo. No encontraremos nada mejor. Vámonos a las islas del Viento; salgamos para Tahití en el primer barco que zarpe. Allí tendremos cuatro céntimos, tres céntimos, dos céntimos y un céntimo: cuatro posibles ventas y nosotros dos para convencer a los compradores. ¡Vamos, Keawe mío! Bésame y no te preocupes más. Kokúa te defenderá.

–¡Regalo de Dios! –exclamó Keawe–. ¡No creo que el Señor me castigue por desear algo tan bueno! Sea como tú dices; llévame donde quieras: pongo mi vida y mi salvación en tus manos.

Muy de mañana al día siguiente, Kokúa estaba ya haciendo sus preparativos. Buscó el baúl de marinero de Keawe; primero puso la botella en una esquina; luego colocó sus mejores ropas y los adornos más bonitos que había en la casa.

–Porque –dijo– si no parecemos gente rica, ¿quién va a creer en la botella?

Durante todo el tiempo de los preparativos estuvo tan alegre como un pájaro; sólo cuando miraba en dirección a Keawe los ojos se le llenaban de lágrimas y tenía que ir a besarlo. En cuanto a Keawe, se le había quitado un gran peso de encima; ahora que alguien compartía su secreto y había vislumbrado una esperanza parecía un hombre distinto: caminaba otra vez con paso ligero y respirar ya no era una obligación penosa. El terror, sin embargo, no andaba lejos; y de vez en cuando, de la misma manera que el viento apaga un cirio, la esperanza moría dentro de él y veía otra vez agitarse las llamas y el fuego abrasador del infierno.

Anunciaron que iban a hacer un viaje de placer por los Estados Unidos: a todo el mundo le pareció una cosa extraña, pero más extraña les hubiera parecido la verdad si hubieran podido adivinarla. De manera que se trasladaron a Honolulú en el Hall y de allí a San Francisco en el Umantilla con muchos haoles; y en San Francisco se embarcaron en el bergantín correo, el Tropic Bird, camino de Papeete, la ciudad francesa más importante de las islas del sur. Llegaron allí, después de un agradable viaje, cuando los vientos alisios soplaban suavemente, y vieron los arrecifes en los que van a estrellarse las olas, y Motuiti con sus palmeras, y cómo el bergantín se adentraba en el puerto, y las casas blancas de la ciudad a lo largo de la orilla entre árboles verdes, y, por encima, las montañas y las nubes de Tahití, la isla prudente.

Consideraron que lo más conveniente era alquilar una casa, y eligieron una situada frente a la del cónsul británico; se trataba de hacer gran ostentación de dinero y de que se les viera por todas partes bien provistos de coches y caballos. Todo esto resultaba fácil mientras tuvieran la botella en su poder, porque Kouka era más atrevida que Keawe y siempre que se le ocurría, llamaba al diablo para que le proporcionase veinte o cien dólares. De esta forma pronto se hicieron notar en la ciudad; y los extranjeros procedentes de Hawaii, y sus paseos a caballo y en coche, y los elegantes holokus y los delicados encajes de Kokúa fueron tema de muchas conversaciones.

Se acostumbraron a la lengua de Tahití, que es en realidad semejante a la de Hawaii, aunque con cambios en ciertas letras; y en cuanto estuvieron en condiciones de comunicarse, trataron de vender la botella. Hay que tener en cuenta que no era un tema fácil de abordar; no era fácil convencer a la gente de que hablaban en serio cuando les ofrecían por cuatro céntimos una fuente de salud y de inagotables riquezas. Era necesario además explicar los peligros de la botella; y, o bien los posibles compradores no creían nada en absoluto y se echaban a reír, o se percataban sobre todo de los aspectos más sombríos y, adoptando un aire muy solemne, se alejaban de Keawe y Kokúa, considerándolos personas en trato con el demonio. De manera que en lugar de hacer progresos, los esposos descubrieron al cabo de poco tiempo que todo el mundo les evitaba; los niños se alejaban de ellos corriendo y chillando, cosa que a Kokúa le resultaba insoportable; los católicos hacían la señal de la cruz al pasar a su lado y todos los habitantes de la isla parecían estar de acuerdo en rechazar sus proposiciones.

Con el paso de los días se fueron sintiendo cada vez más deprimidos. Por la noche, cuando se sentaban en su nueva casa después del día agotador, no intercambiaban una sola palabra y si se rompía el silencio era porque Kokúa no podía reprimir más sus sollozos. Algunas veces rezaban juntos; otras colocaban la botella en el suelo y se pasaban la velada contemplando los movimientos de la sombra en su interior. En tales ocasiones tenían miedo de irse a descansar. Tardaba mucho en llegarles el sueño y si uno de ellos se adormilaba, al despertarse hallaba al otro llorando silenciosamente en la oscuridad o descubría que estaba solo, porque el otro había huido de la casa y de la proximidad de la botella para pasear bajo los bananos en el jardín o para vagar por la playa a la luz de la luna.

Así fue como Kokúa se despertó una noche y encontró que Keawe se había marchado. Tocó la cama y el otro lado del lecho estaba frío. Entonces se asustó, incorporándose. Un poco de luz de luna se filtraba entre las persianas. Había suficiente claridad en la habitación para distinguir la botella sobre el suelo. Afuera soplaba el viento y hacía gemir los grandes árboles de la avenida mientras las hojas secas batían en la veranda. En medio de todo esto Kokúa tomó conciencia de otro sonido; difícilmente hubiera podido decir si se trababa de un animal o de un hombre, pero sí que era tan triste como la muerte y que le desgarraba el alma. Kokúa se levantó sin hacer ruido, entreabrió la puerta y contempló el jardín iluminado por la luna. Allí, bajo los bananos, yacía Keawe con la boca pegada a la tierra y eran sus labios los que dejaban escapar aquellos gemidos.

La primera idea de Kokúa fue ir corriendo a consolarlo; pero en seguida comprendió que no debía hacerlo. Keawe se había comportado ante su esposa como un hombre valiente; no estaba bien que ella se inmiscuyera en aquel momento de debilidad. Ante este pensamiento Kokúa retrocedió, volviendo otra vez al interior de la casa. "¡Qué negligente he sido, Dios mío! –pensó– ¡Cuánta debilidad! Es él, y no yo, quien se enfrenta con la condena eterna; la maldición recayó sobre su alma y no sobre la mía. Su preocupación por mi bien y su amor por una criatura tan poco digna y tan incapaz de ayudarle son las causas de que ahora vea tan cerca de sí las llamas del infierno y hasta huela el humo mientras yace ahí fuera, iluminado por la luna y azotado por el viento. ¿Soy tan torpe que hasta ahora nunca se me ha ocurrido considerar cuál es mi deber, o quizá viéndolo he preferido ignorarlo? Pero ahora, por fin, alzo mi alma en manos de mi afecto; ahora digo adiós a la blanca escalinata del paraíso y a los rostros de mis amigos que están allí esperando. ¡Amor por amor y que el mío sea capaz de igualar al de Keawe! ¡Alma por alma y que la mía perezca". Kokúa era una mujer con gran destreza manual y en seguida estuvo preparada. Cogió el cambio, los preciosos céntimos que siempre tenía al alcance de la mano, porque es una moneda muy poco usada, y habían ido a aprovisionarse a una oficina del Gobierno. Cuando Kokúa avanzaba ya por la avenida, el viento trajo unas nubes que ocultaron la luna. La ciudad dormía y la muchacha no sabía hacia dónde dirigirse hasta que oyó una tos que salía de debajo de un árbol.

–Buen hombre –dijo Kokúa–, ¿qué hace usted aquí solo en una noche tan fría?

El anciano apenas podía expresarse a causa de la tos, pero Kokúa logró enterarse de que era viejo y pobre, y un extranjero en la isla.

–¿Me haría usted un favor? –dijo Kokúa–. De extrajero a extranjera y de anciano a muchacha, ¿no querrá usted ayudar a una hija de Hawaii?

–Ah –dijo el anciano–. Ya veo que eres la bruja de las Ocho Islas y que también quieres perder mi alma. Pero he oído hablar de ti y te aseguro que tu perversidad nada conseguirá contra mí.

—Siéntese aquí —le dijo Kokúa—, y déjeme que le cuente una historia.

Y le contó la historia de Keawe desde el principio hasta el fin.

—Y yo soy su esposa —dijo Kokúa al terminar—; la esposa que Keawe compró a cambio de su alma. ¿Qué debo hacer? Si fuera yo misma a comprar la botella, no aceptaría. Pero si va usted, se la dará gustosísimo; me quedaré aquí esperándole: usted la comprará por cuatro céntimos y yo se la volveré a comprar por tres. ¡Y que el Señor dé fortaleza a una pobre muchacha!

—Si trataras de engañarme —dijo el anciano—, creo que Dios te mataría.

—¡Sí que lo haría! —exclamó Kokúa—. No le quepa duda. No podría ser tan malvada. Dios no lo consentiría.

—Dame los cuatro céntimos y espérame aquí —dijo el anciano.

Ahora bien, cuando Kokúa se quedó sola en la calle, todo su valor desapareció. El viento rugía entre los árboles y a ella le parecía que las llamas del infierno estaban ya a punto de acometerla; las sombras se agitaban a la luz del farol, y le parecían las manos engarfiadas de los mensajeros del maligno. Si hubiera tenido fuerzas, habría echado a correr y de no faltarle el aliento habría gritado; pero fue incapaz de hacer nada y se quedó temblando en la avenida como una niñita muy asustada.

Luego vio al anciano que regresaba trayendo la botella.

—He hecho lo que me pediste —dijo al llegar junto a ella. Tu marido se ha quedado llorando como un niño; dormirá en paz el resto de la noche.

Y extendió la mano ofreciéndole la botella a Kokúa.

—Antes de dármela —jadeó Kokúa— aprovéchese también de lo bueno: pida verse libre de su tos.

—Soy muy viejo —replicó el otro—, y estoy demasiado cerca de la tumba para aceptar favores del demonio. Pero ¿qué sucede? ¿Por qué no tomas la botella? ¿Acaso dudas?

–¡No, no dudo! –exclamó Kokúa–. Pero me faltan las fuerzas. Espere un momento. Es mi mano la que se resiste y mi carne la que se encoge en presencia de ese objeto maldito. ¡Un momento tan sólo!

El anciano miró a Kokúa afectuosamente.

–¡Pobre niña –dijo–; tienes miedo; tu alma te hace dudar. Bueno, me quedaré yo con ella. Soy viejo y nunca más conoceré la felicidad en este mundo, y en cuanto al otro...

–¡Démela! –jadeó Kokúa–. Aquí tiene su dinero. ¿Cree que soy tan vil como para eso? Deme la botella.

–Que Dios te bendiga, hija mía –dijo el anciano.

Kokúa ocultó la botella bajo su holoku, se despidió del anciano y echó a andar por la avenida sin preocuparse de saber en qué dirección. Porque ahora todos los caminos daban lo mismo; todos la llevaban igualmente al infierno. Unas veces iba andando y otras corría; unas veces gritaba y otras se tumbaba en el polvo junto al camino y lloraba. Todo lo que había oído sobre el infierno le volvía ahora a la imaginación; contemplaba el brillo de las llamas, se asfixiaba con el acre olor del humo y sentía deshacerse su carne sobre los carbones encendidos.

Poco antes del amanecer consiguió serenarse y volver a casa. Keawe dormía igual que un niño, tal como el anciano le había asegurado. Kokúa se detuvo a contemplar su rostro.

–Ahora, esposo mío –dijo–, te toca a ti dormir. Cuando despiertes podrás cantar y reír. Pero la pobre Kokúa, que nunca quiso hacer mal a nadie, no volverá a dormir tranquila, ni a cantar, ni a divertirse.

Después Kokúa se tumbó en la cama al lado de Keawe y su dolor era tan grande que cayó al instante en un sopor profundo.

Su esposo se despertó ya avanzada la mañana y le dio la buena noticia. Era como si la alegría lo hubiera trastornado, porque no se dio cuenta de la aflicción de Kokúa, a pesar de lo mal que ella la disimulaba. Aunque las palabras se le atragantaran, no tenía importancia; Keawe se encargaba de decirlo todo. A la hora de comer no probó bocado, pero ¿quién iba a darse cuenta?, porque Keawe no dejó nada en su plato. Kokúa lo veía y le oía como si se tratara de un mal sueño; había veces en que se olvidaba o dudaba y se llevaba las manos a la frente; porque saberse condenada y escuchar a su marido hablando sin parar de aquella manera le resultaba demasiado monstruoso.

Mientras tanto, Keawe comía y charlaba, hacía planes para su regreso a Hawaii, le daba las gracias a Kokúa por haberlo salvado, la acariciaba y le decía que en realidad el milagro era obra suya. Luego Keawe empezó a reírse del viejo que había sido lo suficientemente estúpido como para comprar la botella.

–Parecía un anciano respetable –dijo Keawe–. Pero no se puede juzgar por las apariencias, porque ¿para qué necesitaría la botella ese viejo réprobo?

–Esposo mío –dijo Kokúa humildemente–, su intención puede haber sido buena.

Keawe se echó a reír muy enfadado.

–¡Tonterías! –exclamó acto seguido–. Un viejo pícaro, te lo digo yo; y estúpido por añadidura. Ya era bien difícil vender la botella por cuatro céntimos, pero por tres será completamente imposible. Apenas queda margen y todo el asunto empieza a oler a chamusquina... –dijo Keawe, estremeciéndose–. Es cierto que yo la compré por un centavo cuando no sabía que hubiera monedas de menos valor. Pero es absurdo hacer una cosa así; nunca aparecerá otro que haga lo mismo, y la persona que tenga ahora esa botella se la llevará consigo a la tumba.

–¿No es una cosa terrible, esposo mío –dijo Kokúa–, que la salvación propia signifique la condenación eterna de otra persona? Creo que yo no podría tomarlo a broma. Creo que me sentiría abatido y lleno de melancolía. Rezaría por el nuevo dueño de la botella.

Keawe se enfadó aun más al darse cuenta de la verdad que encerraban las palabras de Kokúa.

—¡Tonterías! —exclamó—. Puedes sentirte llena de melancolía si así lo deseas. Pero no me parece que sea ésa la actitud lógica de una buena esposa. Si pensaras un poco en mí, tendría que darte vergüenza.

Luego salió y Kokúa se quedó sola.

¿Qué posibilidades tenía ella de vender la botella por dos céntimos? Kokúa se daba cuenta de que no tenía ninguna. Y en el caso de que tuviera alguna, ahí estaba su marido empeñado en devolverla a toda prisa a un país donde no había ninguna moneda inferior al centavo. Y ahí estaba su marido abandonándola y recriminándola a la mañana siguiente después de su sacrificio. Ni siquiera trató de aprovechar el tiempo que pudiera quedarle: se limitó a quedarse en casa, y unas veces sacaba la botella y la contemplaba con indecible horror y otras volvía a esconderla llena de aborrecimiento.

A la larga Keawe terminó por volver y la invitó a dar un paseo en coche.

—Estoy enferma esposo mío —dijo ella—. No tengo ganas de nada. Perdóname, pero no me divertiría.

Esto hizo que Keawe se enfadara todavía más con ella, porque creía que le entristecía el destino del anciano, y consigo mismo, porque pensaba que Kokúa tenía razón y se avergonzaba de ser tan feliz.

—¡Eso es lo que piensas de verdad —exclamó—, y ése es el afecto que me tienes! Tu marido acaba de verse a salvo de la condenación eterna a la que se arriesgó por tu amor y tú no tienes ganas de nada! Kokúa, tu corazón es un corazón desleal.

Keawe volvió a marcharse muy furioso y estuvo vagabundeando todo el día por la ciudad. Se encontró con unos amigos y estuvieron bebiendo juntos; luego alquilaron un coche para ir al campo y allí siguieron bebiendo. Uno de los que bebían con Keawe era un brutal haole ya viejo que había sido contramaestre de un ballenero y también prófugo, buscador de oro y presidiario en varias cárceles. Era un hombre rastrero; le gustaba beber y ver borrachos a los demás; y se empeñaba en que Keawe tomara una copa tras otra. Muy pronto, a ninguno de ellos le quedaba más dinero.

—¡Eh, tú! —dijo el contramaestre—, siempre estás diciendo que eres rico. Que tienes una botella o alguna tontería parecida.

—Sí —dijo Keawe—, soy rico; volveré a la ciudad y le pediré algo de dinero a mi mujer, que es la que lo guarda.

—Ése no es un buen sistema, compañero —dijo el contramaestre—. Nunca confíes tu dinero a una mujer. Son todas tan falsas como Judas; no la pierdas de vista.

Aquellas palabras impresionaron mucho a Keawe porque la bebida le había enturbiado el cerebro. "No me extrañaría que fuera falsa —pensó—. ¿Por qué tendría que entristecerle tanto mi liberación? Pero voy a demostrarle que a mí no se me engaña tan fácilmente. La descubriré *in fraganti*".

De manera que cuando regresaron a la ciudad, Keawe le pidió al contramaestre que le esperara en la esquina, junto a la cárcel vieja, y él siguió solo por la avenida hasta la puerta de su casa. Era otra vez de noche; dentro había una luz, pero no se oía ningún ruido. Keawe dio la vuelta a la casa, abrió con mucho cuidado la puerta de atrás y miró dentro.

Kokúa estaba sentada en el suelo con la lámpara a su lado; delante había una botella de color lechoso, con una panza muy redonda y un cuello muy largo; y mientras la contemplaba, Kokúa se retorcía las manos. Keawe se quedó mucho tiempo en la puerta, mirando. Al principio fue incapaz de reaccionar; luego tuvo miedo de que la venta no hubiera sido válida y de que la botella hubiera vuelto a sus manos como le sucediera en San Francisco; y al pensar en esto notó que se le doblaban las rodillas y los vapores del vino se esfumaron de su cabeza como la neblina desaparece de un río con los primeros rayos del sol. Después se le ocurrió otra idea. Era una idea muy extraña e hizo que le ardieran las mejillas. "Tengo que asegurarme de esto", pensó. De manera que cerró la puerta, dio la vuelta a la casa y entró de nuevo haciendo mucho ruido, como si acabara de llegar. Pero cuando abrió la puerta principal ya no se veía la botella por ninguna parte; y Kokúa estaba sentada en una silla y se sobresaltó como alguien que se despierta.

–He estado bebiendo y divirtiéndome todo el día –dijo Keawe–. He encontrado unos camaradas muy simpáticos y vengo sólo por más dinero para seguir bebiendo y corriéndonos la gran juerga.

Tanto su rostro como su voz eran tan severos como los de un juez, pero Kokúa estaba demasiado preocupada para darse cuenta.

–Haces muy bien en usar tu dinero, esposo mío –dijo ella con voz temblorosa.

–Ya sé que hago bien en todo –dijo Keawe, yendo directamente hacia el baúl y cogiendo el dinero. También miró detrás, en el rincón donde guardaba la botella, pero la botella no estaba allí.

Entonces el baúl empezó a moverse como un alga marina y la casa a dilatarse como una espiral de humo, porque Keawe comprendió que estaba perdido, y que no le quedaba ninguna escapatoria. "Es lo que me temía –pensó–. Es ella la que ha comprado la botella". Luego se recobró un poco, alzándose de nuevo; pero el sudor le corría por la cara tan abundante como si se tratara de gotas de lluvia y tan frío como si fuera agua de pozo.

–Kokúa –dijo Keawe–, esta mañana me he enfadado contigo sin razón alguna. Ahora voy otra vez a divertirme con mis compañeros –añadió, riendo sin mucho entusiasmo–. Pero sé que lo pasaré mejor si me perdonas antes de marcharme.

Un momento después Kokúa estaba agarrada a sus rodillas y se las besaba mientras ríos de lágrimas corrían por sus mejillas.

–¡Sólo quería que me dijeras una palabra amable! –exclamó ella.

–Ojalá nunca volvamos a pensar mal el uno del otro –dijo Keawe; acto seguido volvió a marcharse.

Keawe no había cogido más dinero que parte de la provisión de monedas de un céntimo que consiguieran nada más llegar. Sabía muy bien que no tenía ningún deseo de seguir bebiendo. Puesto que su mujer había dado su alma por él, Keawe tenía ahora que dar la suya por Kokúa; no era posible pensar en otra cosa. En la esquina, junto a la cárcel vieja, le esperaba el contramaestre.

—Mi mujer tiene la botella —dijo Keawe—, y si no me ayudas a recuperarla, se habrán acabado el dinero y la bebida por esta noche.

—¿No querrás decirme que esa historia de la botella va en serio? —exclamó el contramaestre.

—Pongámonos bajo el farol —dijo Keawe—. ¿Tengo aspecto de estar bromeando?

—Debe de ser cierto —dijo el contramaestre—, porque estás tan serio como si vinieras de un entierro.

—Escúchame, entonces —dijo Keawe—; aquí tienes dos céntimos; entra en la casa y ofréceselos a mi mujer por la botella, y (si no estoy equivocado) te la entregará inmediatamente. Traémela aquí y yo te la volveré a comprar por un céntimo; porque tal es la ley con esa botella: es preciso venderla por una suma inferior a la de la compra. Pero en cualquier caso no le digas una palabra de que soy yo quien te envía.

—Compañero, ¿no te estarás burlando de mí?, —quiso saber el contramaestre.

—Nada malo te sucedería aunque fuera así —respondió Keawe.

—Tienes razón, compañero —dijo el contramaestre.

—Y si dudas de mí —añadió Keawe— puedes hacer la prueba. Tan pronto como salgas de la casa, no tienes más que desear que se te llene el bolsillo de dinero, o una botella del mejor ron o cualquier otra cosa que se te ocurra y comprobarás en seguida el poder de la botella.

—Muy bien, Kanaka —dijo el contramaestre—. Haré la prueba; pero si te estás divirtiendo a costa mía, te aseguro que yo me divertiré después a la tuya con una barra de hierro.

De manera que el ballenero se alejó por la avenida; y Keawe se quedó esperándolo. Era muy cerca del sitio donde Kokúa había esperado la noche anterior; pero Keawe estaba más decidido y no tuvo un solo momento de vacilación; sólo su alma estaba llena del amargor de la desesperación. Le pareció que llevaba ya mucho rato esperando cuando oyó que alguien se acercaba, cantando por la avenida todavía a oscuras. Reconoció en seguida la voz del contramaestre; pero era extraño que repentinamente diera la impresión de estar mucho más borracho que antes. El contramaestre en persona apareció poco después, tambaleándose, bajo la luz del farol. Llevaba la botella del diablo dentro de la chaqueta y otra botella en la mano; y aún tuvo tiempo de llevársela a la boca y echar un trago mientras cruzaba el círculo iluminado.

—Ya veo que la has conseguido —dijo Keawe.

—¡Quietas las manos! —gritó el contramaestre, dando un salto hacia atrás—. Si te acercas un paso más te parto la boca. Creías que ibas a poder utilizarme, ¿no es cierto?

—¿Qué significa esto? —exclamó Keawe.

—¿Qué significa? —repitió el contramaestre—. Que esta botella es una cosa extraordinaria, ya lo creo que sí; eso es lo que significa. Cómo la he conseguido por dos céntimos es algo que no sabría explicar; pero sí estoy seguro de que no te la voy a dar por uno.

—¿Quieres decir que no la vendes? —jadeó Keawe.

—¡Claro que no! —exclamó el contramaestre—. Pero te dejaré echar un trago de ron, si quieres.

—Has de saber —dijo Keawe— que el hombre que tiene esa botella terminará en el infierno.

—Calculo que voy a ir a parar allí de todas formas —replicó el marinero—; y esta botella es la mejor compañía que he encontrado para ese viaje. ¡No, señor! —exclamó de nuevo—; esta botella es mía ahora y ya puedes ir buscándote otra.

—¿Es posible que sea verdad todo esto? —exclamó Keawe—. ¡Por tu propio bien, te lo ruego, véndemela!

—No me importa nada lo que digas —replicó el contramaestre—. Me tomaste por tonto y ya ves que no lo soy; eso es todo. Si no quieres un trago de ron me lo tomaré yo. ¡A tu salud y que pases buena noche!

Y acto seguido continuó andando, camino de la ciudad; y con él la botella también desaparece de esta historia. Keawe corrió a reunirse con Kokúa con la velocidad del viento. Su alegría fue enorme aquella noche; y enorme, desde entonces, la paz que colma todos sus días en la Casa Resplandeciente.

Índice

Prólogo 7

El extraño caso del Dr. Jekyll y Mr. Hyde (1886) 13

"Historia del joven de las tartas de crema"
(en *El club de los suicidas,* 1878) 87

El diablo en la botella (1891) 121